瑞蘭國際

瑞蘭國際

邊聽邊寫！
簡單快速
韓語入門

Korean

羅際任 著
外語學習編輯小組 總策劃

作者序

　　現在的韓國,已經不再是以前那個遙不可及的韓國了。在網路上,特價機票一買就可以馬上飛去韓國;在路上一抬頭,就可以看到韓國藝人的代言廣告;在超市裡,隨手一伸就可以買到人氣韓國零食。韓國文化,已經融入了我們的生活圈,而我們,也早已經習慣了有韓國元素在身旁的生活。至於韓語,卻還是那樣遙不可及且陌生呢。看樣子,是時候做出一些改變了。

　　日語的學習,因為日本文化在臺灣的扎根,一直以來都擁有居高不下的人氣。那韓語的學習呢?首先,韓語給人一種較難親近的印象,這可能和韓國想呈現出的現代、先進印象相關。再來,現代韓語並不再使用漢字作為紀錄語言的工具,若是想學習韓語,就得從陌生的字母從頭開始。而這些,可能就是導致韓語學習較為無趣,且一學就忘的原因吧。

　　筆者在出版《活用韓語關鍵句型〈基礎〉》、《活用韓語關鍵句型〈進階〉》、《活用韓語關鍵助詞》、《深入韓國:韓國語發音》(合著)共 4 本韓語學習教科書後,一直在思考,是不是可以給尚未完全下定決心學好韓語的學習者,提供一個簡單接觸韓語的機會。也就在此時,瑞蘭國際出版和筆者心有靈犀,於是就有了這本大家手上的《邊聽邊寫!簡單快速韓語入門》的完成。希望這本書的出現,能夠讓想學韓語卻害怕學習外語的學習者,從此不再畏懼。而這本書,對大家來說是一個給自己機會學習的開始,對筆者來說也是個以不同方式撰寫書籍的里程碑。

　　這本書雖然簡單,但在概念說明上絲毫不馬虎。也就是說,大家可以在使用完本書後,以相同的概念繼續深度學習韓語,且不會存在無法銜接上的問題。正在猶豫是否要踏入韓語學習之路的大家,請馬上加入學習韓語的行列。畢竟買東西是先買先享受,學習外語也同樣是先學先開口喔!所以別猶豫了,做出改變的時候到了,踏出自己學習韓語的第一步,讓韓語成為自己會的外語之一吧!

羅際任

2025 年 5 月

Before Reading

如何使用本書

　　本書共分成 4 章，乃依照學習韓語之順序編排。也就是在正式踏入韓語學習之路前，必須先了解的韓語相關知識，接著學習韓語發音、實用句型及實用文法，最後再搭配內容充實的附錄融會貫通。相信此循序漸進學習且符合實際需求的內容，能讓大家用最準確、最有效率的方式學習好韓語！

PART 1　認識韓語

　　開始學習韓語發音之前，先了解韓文的背景及發音的特徵，再來認識詞彙的種類及句子的語順，並明白句中空格的重要性。接著掌握學習韓語的兩大重點「助詞」及「句型」，最後辨別應該在什麼場合使用合適的韓語。

PART 1　認識韓語

韓國文字、韓語發音

1. 韓國文字的背景

　　我們將韓國的語言稱作「韓語」，韓國的文字則稱作「韓文」。韓語很早就出現在朝鮮半島上，它融合了許多歷史上存在於此處的各個國家的語言，直到後來才漸漸演變成為我們現在看到的現代韓語，而韓國文字則要到 1443 年才出現，並經過數世紀的變化後，發展、進化成為我們現在看到的「40 音」字母。從這裡我們可以知道，朝鮮半島上早就存在了「語言」，而「文字」則是後來因應需求而被創造出來的。

　　在韓文字被創造出來以前，朝鮮半島上的人民使用「漢字」作為文字記錄的工具，但因為漢字書寫不易，加上當時的國民教育不如現今普及，能寫文字的大多僅限於貴族、文人，而一般的平民就成為了不識字的一群。為了改善這個情況，同時解決當時貴族把持朝政的困境，朝鮮王朝（1392-1897）的世宗大王決定創制一個有別於漢字的全新文字，並最終在 1443 年推出了韓國文字，也在 1446 年正式公布了《訓民正音》一書，此書詳細記錄了創制韓文的目的、緣由、方式及根據等相關資訊。

　　韓國文字的特殊之處，並不僅僅是因為它是由世宗大王親自主導創制，還有以下值得一提的部分：
1. 全世界中極少數在被創制時，一併說明創制原理、使用說明的文字
2. 世界上少數知道創制者、創制緣由的文字
3. 雖是由上層階級主導創制，但卻是由平民百姓帶起使用風氣的文字
4. 被韓國民眾視為民族精神象徵的一部分
5. 不僅僅是表音文字，同時符合韓語的文法與音韻體系

　　到這裡我們可以知道，韓國文字非常具有科學性、珍貴性。也因為韓國文字在民族、歷史、文化等層面中的崇高地位，10 月 9 日這天被指定為韓文日，並被訂定為國定假日以表紀念。儘管韓國文字隨歷史演進而變化，但這些變化讓韓文字更符合當代的韓語使用情形，也因此仍持續被使用於標記現今的韓語，繼續著原本被賦予的任務與使命。

2. 韓語發音的特徵

　　韓語中的「40 音」，是由 21 個母音、19 個子音所組成。母音是韓語音節中不可缺少的部分，可以單獨發音，子音則是需要搭配母音才可以發音。雖然看起來和英語沒有什麼差別，但由於部分子音放在音節末尾時，需要遵守發聲器官維持不動的規則，因此會在唸讀時和英語有所不同，這也就是為什麼韓國人在唸英語時有獨特發音方式的原因。

　　此外，韓語有著數量較多的母音數，是因為除了 8 個「單母音」之外，還另外將它們互相組合成 13 個「複母音」，才導致母音總數較多。子音則會根據發音時氣流強度、喉嚨用力程度區分成 10 個「平音」、4 個「激音」和 5 個「硬音」，且相互有著嚴格區分的界線。同時，隨著韓語的演變，為了發音方便而產出的音變也是韓語中不可或缺的特色之一。

　　以上是學習者在學習韓語時，常常會感到困惑的地方。雖然在一開始時可能會覺得有些困難，但相信只要持續多練習的話，這些都不會是問題，大家也能在學習韓語的過程中漸漸感受到韓語的「特殊美」喔！

3. 韓語詞彙的種類

　　就像英語中的詞彙可被分成名詞、形容詞、動詞等詞性一樣，韓語的詞彙也一樣可以被分類，差別在於分類方式的不同而已。這裡我們撇開那些比較難懂的文法，一起來聊聊韓語詞彙的產生方式吧。

　　依據由來、源起的不同，韓語中的詞彙可以被分為純韓語詞彙、漢字語詞彙、外來語詞彙，首先讓我們來一下各在其中占有的比例：

	日常詞彙	專門詞彙
純韓語	47.9 %	8.4 %
漢字語	33.2 %	59.9 %
外來語	1.2 %	16.6 %
混合語	17.7 %	15.1 %

PART 2
韓語發音

透過本單元學習最標準的 40 音發音，內容以好學、好記憶的表格呈現，搭配「筆劃順序」、「實用單字」、「單字插圖」輕鬆學習。只要一邊聆聽發音音檔，一邊跟著習字描寫，猶如韓語老師親臨指導，只要反覆聽音檔，不知不覺就能記住 40 音，原來學習發音就是這麼輕鬆簡單！學完 40 音，接下來學習連音規則及基本招呼語，自然而然就能開口說出標準韓語！

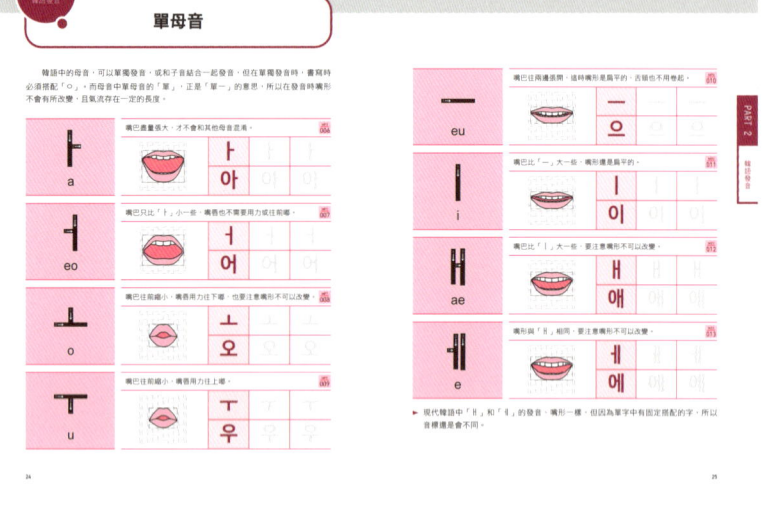

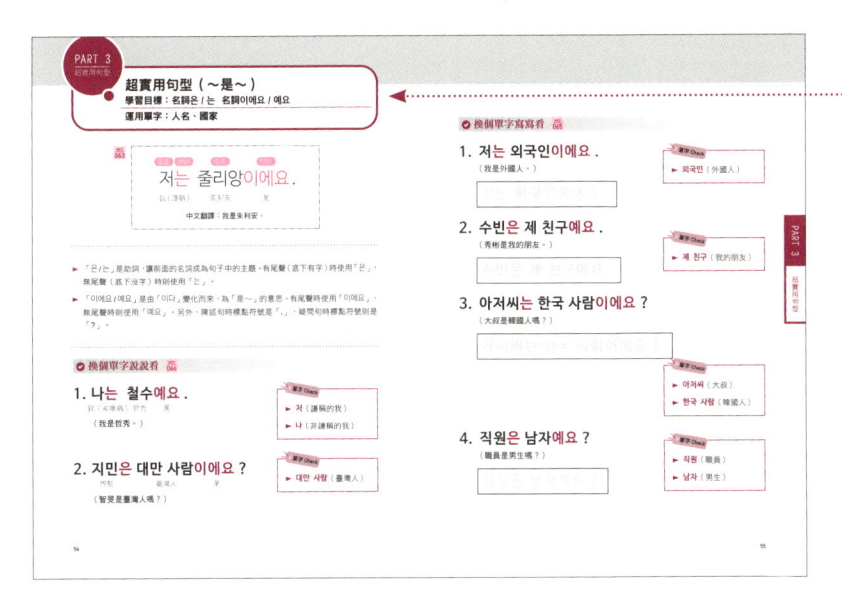

PART 3 超實用句型

熟悉韓語 40 音後，進入學習句型的階段，本單元準備了剛學習韓語時最常使用的 7 個句型及實用單字，依據句型的需求選擇特定的單字，完全對應需要使用的場景。然後依序完成「換個單字說說看」、「換個單字寫寫看」、「代換練習」3 個練習步驟，跟著音檔一邊聽一邊寫，利用超實用句型，打下穩固的韓語基礎！

PART 4
超實用文法

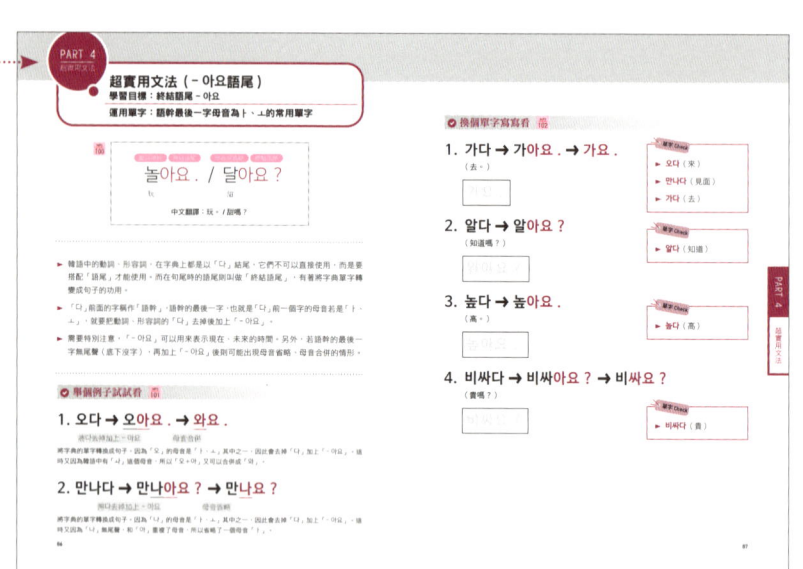

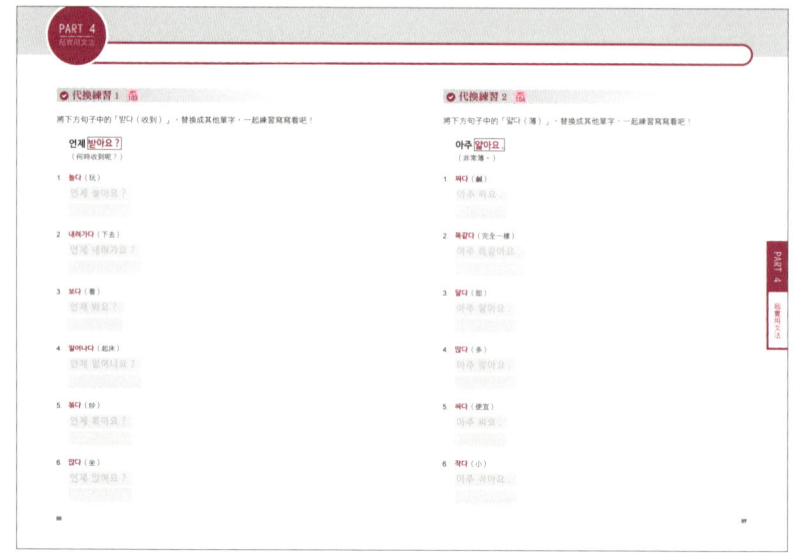

掌握超實用句型後，本單元列出了 8 個實用文法，讓單字轉變為句子的語尾，以及動詞、形容詞的表現方式，還有過去式用法等。其中，「舉個例子試試看」更是一步一步拆解文法，將文法的變化過程盡收眼底。學習了這些文法，絕對可以讓想進一步學習韓語的你成為基礎文法達人！

附錄

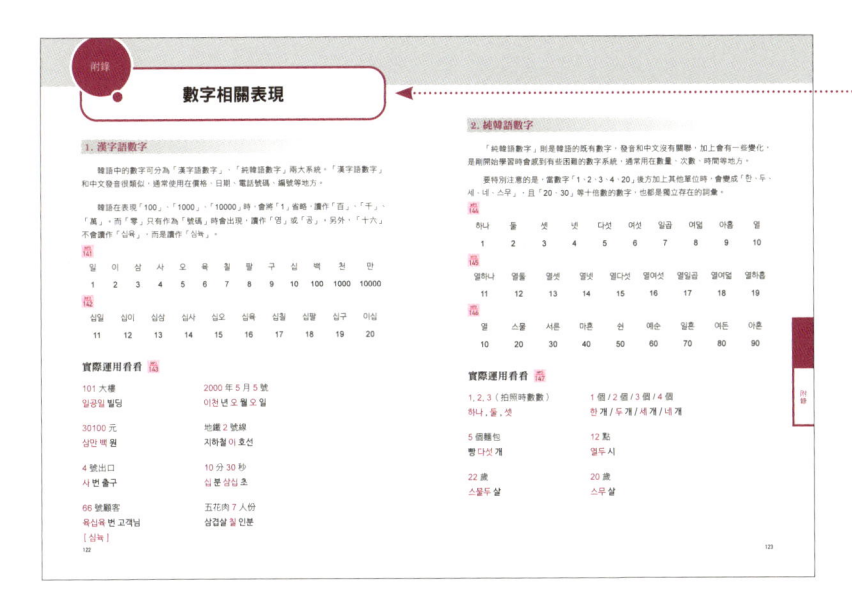

學習到這，是不是還想學習更多韓語呢？附錄中準備了「數字相關表現」、「實用對話」、「語意修飾詞彙」等內容，只要能活用這些實用的詞彙、會話，就能跟韓國人暢行無阻地對話！

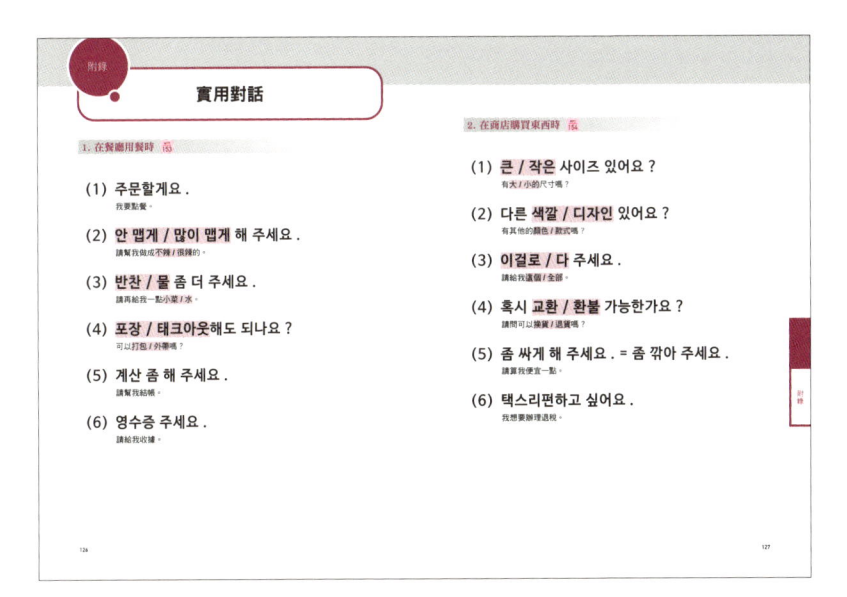

如何掃描 QR Code 下載音檔

1. 以手機內建的相機或是掃描 QR Code 的 App 掃描封面的 QR Code
2. 點選「雲端硬碟」的連結之後，進入音檔清單畫面，接著點選畫面右上角的「三個點」。
3. 點選「新增至「已加星號」專區」一欄，星星即會變成黃色或黑色，代表加入成功。
4. 開啟電腦，打開您的「雲端硬碟」網頁，點選左側欄位的「已加星號」。
5. 選擇該音檔資料夾，點滑鼠右鍵，選擇「下載」，即可將音檔存入電腦。

Preface

目次

作者序 I 002
如何使用本書 I 003

PART 1 認識韓語 I 011

1. 韓國文字的背景 I 012
2. 韓語發音的特徵 I 013
3. 韓語詞彙的種類 I 013
4. 韓語的語順 I 016
5. 韓文句子的空格 I 017
6. 韓語學習的兩大重點 I 018
7. 視場合而改變的韓語 I 020

PART 2 韓語發音 I 023

1. 單母音 I 024
2. 平音子音 I 026
3. 複母音 1 I 031
4. 複母音 2 I 033
5. 激音子音 I 036
6. 硬音子音 I 038
7. 尾聲 I 041
8. 連音規則 I 045
9. 用基本招呼語熟悉發音 I 048
10. 韓語發音練習表 I 050

PART 3 **超實用句型** ｜053

- 學習目標：名詞은 / 는 名詞이에요 / 예요（～是～）｜054
  運用單字：人名、國家
- 學習目標：名詞은 / 는 名詞이 / 가 아니에요（～不是～）｜058
  運用單字：家人、職業
- 學習目標：이（이거, 여기）/ 그（그거, 거기）/ 저（저거. 저기）
  　　　　　（這 / 那 / 那）｜062
  運用單字：日常用品、所屬人事物
- 學習目標：名詞이 / 가 있어요 / 없어요（有 / 沒有～）｜066
  運用單字：商店物品
- 學習目標：名詞에 있어요 / 없어요（在 / 不在～）｜070
  運用單字：韓國景點、地名
- 學習目標：名詞을 / 를 주세요（請給我～）｜074
  運用單字：食物、飲品
- 學習目標：名詞에 가요 / 名詞에서 왔어요（去～ / 從～來）｜078
  運用單字：場所、臺灣地名
- 超實用句型（小複習）｜082

PART 4 **超實用文法** ｜085

- 學習目標：終結語尾 - 아요（- 아요語尾）｜086
  運用單字：語幹最後一字母音為ㅏ、ㅗ的常用單字
- 學習目標：終結語尾 - 어요（- 어요語尾）｜090
  運用單字：語幹最後一字母音不為ㅏ、ㅗ的常用單字
- 學習目標：終結語尾해요（해요語尾）｜094
  運用單字：語幹最後一字為하的常用單字

- 學習目標：名詞을/를 動詞（做～）| 098
  運用單字：常用動詞
- 學習目標：名詞에서 動詞（在～做～）| 102
  運用單字：場所名詞、常用動詞
- 學習目標：名詞에 動詞（在～時做～）| 106
  運用單字：時間名詞、常用動詞
- 學習目標：名詞이/가 形容詞（～很～）| 110
  運用單字：常用形容詞
- 學習目標：過去時制語尾 - 았어요/었어요/했어요 | 114
  （過去時制）
  運用單字：日常用單字
- 超實用文法（小複習）| 118

附錄 | 121

一、數字相關表現
1. 漢字語數字 | 122
2. 純韓語數字 | 123
3. 數量的描述 | 124
4. 時間的描述 | 125

二、實用對話
1. 在餐廳用餐時 | 126
2. 在商店購買東西時 | 127
3. 在利用大眾交通工具時 | 128
4. 在想和路人交流時 | 129

三、語意修飾詞彙
1. 和程度有關的詞彙 | 130
2. 和時間有關的詞彙 | 131
3. 和頻率有關的詞彙 | 132
4. 其他常用詞彙 | 133

PART 1
認識韓語

1. 韓國文字的背景
2. 韓語發音的特徵
3. 韓語詞彙的種類
4. 韓語的語順
5. 韓文句子的空格
6. 韓語學習的兩大重點
7. 視場合而改變的韓語

　　韓語到底是個什麼樣的語言？韓文和韓語有差別嗎？韓語的發音和英文差很多嗎？韓語詞彙的由來是什麼？究竟在什麼時候要使用敬語呢？

　　這些問題，通通會在本單元一一解答。在學習一個語言之前，必須先知道自己即將要學的語言究竟是什麼，才有面對挑戰的心理準備。在本單元，我們將一探韓語的真實面貌，將韓語的底細摸個仔細，這樣才能知己知彼，百戰百勝！

PART 1 認識韓語

韓國文字、韓語發音

1. 韓國文字的背景

　　我們將韓國的語言稱作「韓語」，韓國的文字則稱作「韓文」。韓語很早就出現在朝鮮半島上，它融合了許多歷史上存在於此處的各個國家的語言，直到後來才漸漸演變成為我們現在聽到的現代韓語。而韓國文字則要到 1443 年才出現，並經過幾世紀的變化後，發展、進化成為我們現在看到的「40 音」字母。從這裡我們可以知道，朝鮮半島上早就存在了「語言」，而「文字」則是後來因應需求而被創造出來的。

　　在韓文字被創造出來以前，朝鮮半島上的人民使用「漢字」作為記錄的工具，但因為漢字書寫不易，加上當時的國民教育不如現今普及，能寫文字的大多僅限於貴族、文人，而一般的平民就成為了不識字的一群。為了改善這個情況，同時解決當時貴族把持朝政的困境，朝鮮王朝（1392-1897）的世宗大王決定創制一個有別於漢字的全新文字，並最終在 1443 年推出了韓國文字，也在 1446 年正式公布了《訓民正音》一書，此書詳細紀錄了創制韓文的目的、緣由、方式及根據等相關資訊。

　　韓國文字的特殊之處，並不僅僅是因為它是由世宗大王親自主導創制，還有以下值得一提的部分：
  1. 全世界中極少數在被創制時，一併說明創制原理、使用說明的文字
  2. 世界上少數知道創制者、創制緣由的文字
  3. 雖是由上層階級主導創制，但卻是由平民百姓帶起使用風氣的文字
  4. 被韓國民眾視為民族精神象徵的一部分
  5. 不僅僅是表音文字，同時符合韓語的文法與音韻體系

　　到這裡我們可以知道，韓國文字非常具有科學性、珍貴性。也因為韓國文字在民族、歷史、文化等層面中的崇高地位，10 月 9 日這天被指定為韓文日，並被訂定為國定假日以表紀念。儘管韓國文字隨歷史演進而變化，但這些變化讓韓文更符合當代的韓語使用情形，也因此仍持續被使用於標記現今的韓語，繼續著原本被賦予的任務與使命。

2. 韓語發音的特徵

　　韓語中的「40 音」，是由 21 個母音、19 個子音所組成。母音是韓語音節中不可缺少的部分，可以單獨發音，子音則是需要搭配母音才可以發音。雖然看起來和英語沒有什麼差別，但由於部分子音放在音節末端時，需要遵守發聲器官維持不動的規則，因此會在唸讀時和英語有所不同，這也就是為什麼韓國人在唸英語時有獨特發音方式的原因。

　　此外，韓語有著數量較多的母音數，是因為除了 8 個「單母音」之外，還另外將它們互相結合成 13 個「複母音」，才導致母音總數較多。子音則會根據發音時氣流強度、喉嚨用力程度區分成 10 個「平音」、4 個「激音」和 5 個「硬音」，且相互有著嚴格區分的界線。同時，隨著韓語的演變，為了發音方便而產出的音變也是韓語中不可忽略的特色之一。

　　以上是學習者在學習韓語時，常常會感到困惑的地方。雖然在一開始時可能會覺得有些困難，但相信只要持續多練習，這些都不會是問題，大家也能在學習韓語的過程中漸漸感受到韓語的「特殊美」喔！

3. 韓語詞彙的種類

　　就像英語中的詞彙可被分成名詞、形容詞、動詞等詞性一樣，韓語的詞彙也一樣可以被分類，差別在於分類方式的不同而已。這裡我們撇開那些比較難懂的文法，一起聊聊韓語詞彙的產生方式吧。

　　依據由來、源起的不同，韓語中的詞彙可以被分為純韓語詞彙、漢字語詞彙、外來語詞彙，首先讓我們來看一下各在其中占有的比例：

	日常詞彙	專門詞彙
純韓語	47.9 %	8.4 %
漢字語	33.2 %	59.9 %
外來語	1.2 %	16.6 %
混合語	17.7 %	15.1 %

PART 1
認識韓語

（1）純韓語詞彙

　　純韓語詞彙的發音和漢字沒有關係，是韓國人在日常對話中最常出現的詞彙種類，因為和中文發音沒有關聯，學習者往往需要死背才能熟練。但不要擔心，因為是日常對話中占比最高的詞彙種類，所以內容和周遭生活密切相關，大家一旦背過之後，就常會在韓劇、綜藝節目中聽到，也就間接做了複習。下面是純韓語詞彙中的幾個例子：

韓語	눈	나라	국수	노래	서울
中文意思	眼睛	國家	麵條	歌	首爾

（2）漢字語詞彙

　　漢字語詞彙的發音和漢字息息相關，是在專門性對話中最常出現的詞彙種類，因為和中文發音十分接近，學習者通常只要接觸一次就自動背起來了。漢字語作為專有名詞、既有概念，常出現在正式文書和場合中，對於學習者在之後進入進階程度時非常友善，一些對於西方國家學習者很困難的詞彙，我們不用刻意背也可以輕鬆使用。

　　此外，漢字語還可以根據漢字由來的不同，再分為中國起源漢字語、日本起源漢字語、韓國起源漢字語。下面是漢字語中的幾個例子：

中國起源漢字語詞彙

韓語	결혼	두부	학문	논어	기독교
漢字	結婚	豆腐	學問	論語	基督教
中文意思	結婚	豆腐	學問	論語	基督教

日本起源漢字語詞彙

韓語	졸업	우편	야구	출장	안내
漢字	卒業	郵便	野球	出張	案內
中文意思	畢業	郵政	棒球	出差	指南

韓國起源漢字語詞彙

韓語	명함	무궁화	수표	시	편지
漢字	名銜	無窮花	手票	媤	便紙
中文意思	名片	木槿花	支票	婆家的	信

（3）外來語詞彙

　　排除純韓語詞彙、漢字語詞彙外，剩下的就是外來語詞彙了。外來語詞彙可能來自英語、日語、中文、德語、法語等外語，常出現在後來才傳入韓國的事物、流行中。由於是利用韓國文字標記外國語言，因此在遇到疑似是外來語的詞彙時，不妨可以查查字典，看看究竟是源自哪一個語言的詞彙，絕對可以為學習韓語增添不少樂趣。下面是外來語中的幾個例子：

韓語	카드	라멘	위안	알레르기	뷔페
外語	英 card	日 ラーメン	中 元	德 allergie	法 buffet
中文意思	卡片	日本拉麵	元（單位）	過敏	吃到飽

　　至於同時包含純韓語、漢字語、外來語的詞彙，則屬於混合語詞彙，在這裡就不另外舉例。在背單字時，就算不知道詞彙的種類也沒關係，但能夠先知道再背的話，確實可以讓自己背得更輕鬆省力喔！

PART 1 認識韓語

4. 韓語的語順

　　和中文的「主語－動詞－受語」（朋友吃飯。）語順不同，韓語最常見的語順是「主語－受語－動詞」（친구가 밥을 먹는다.），因此在初學階段時，大家可能會覺得不適應，但是只要多聽多練習，我們的頭腦很快就能適應這種語順。但其實這種語順只不過是韓語最常見、最基本的用法，真正在韓語中的語順，是沒有固定的。

　　若是將中文句子「朋友吃飯。」的語順調換成「飯吃朋友。」，會改變意思或是成為錯誤的句子，但若是將韓語句子「친구가 밥을 먹는다.」的語順調換成「밥을 친구가 먹는다.」，意思不變。我們可以這樣說，中文是靠「語順」來決定主語、受語是誰，而韓語並不是，而是靠「助詞」來決定的。

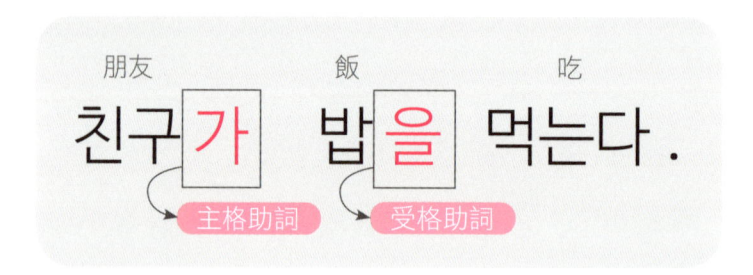

朋友　　　　　飯　　　　吃
친구가　밥을　먹는다.
　　↓　　　　↓
　主格助詞　　受格助詞

　　「친구가 밥을 먹는다.」的「가」是主格助詞，表示「친구」是句中的「主語」，而「을」是受格助詞，表示「밥」是句中「受語」。不管是把句子語順換成「밥을 친구가 먹는다.」，還是「먹는다. 밥을 친구가」，在助詞緊連著前方名詞的情況下，就算在語順調換時，助詞的存在仍可以清楚標示著前方名詞的角色，也就不會像中文一樣變成錯誤的句子了。

　　舉例來說，一個人不管到了哪裡，本質上都不會有所變化，但學生證可以讓大家知道這個人是學生，而識別證可以讓大家知道這個人是公司實習生。「助詞」就像是這個人的學生證、識別證一樣，為了讓大家知道自己的角色，必須將它們佩戴在身上，不管這個人到了哪裡，大家還是可以憑藉這個人的證件清楚知道他的角色。

　　因此我們可以說，在韓語中正因為有「助詞」取代了「語順」原本協助判斷語意的功能，就算韓語句子的語順調換，也並不會讓語意上產生錯誤。儘管在溝通時仍會以「主語－受語－動詞」作為最基本的語順，且語順的調換可能會讓「想強調的部分」有所不同，但至少句子是沒有錯誤的，讓剛開始踏入韓語學習的大家有更多的彈性，有更多時間可以慢慢適應韓語。

5. 韓文句子的空格

　　「今天的天氣真好。」這一個中文句子很簡單吧，但有沒有想過，外國人在學習中文時看到這個句子時，要怎麼查字典呢？是要查「今、天的、天、氣、真好」，還是「今天、的、天氣、真、好」呢？相信大家已經發現了，對於外國人來說，中文因為沒有空格，在查找字典時顯得非常吃力，只能靠經驗甚至是感覺斷句，是不是突然覺得我們挺厲害的呢？

　　日本人在教外國人日語時，常會將原先沒有空格的日語，用有空格的方式呈現，這也是同樣的原因。而在書寫韓文的時候，由於韓國人本身就會將韓文空格，因此不需要做任何的妥協，就可以讓外國人直接寫出和韓國人一樣的韓文句子。身為韓語學習者的我們，看到不懂的韓文句子時也就更容易查字典，更容易將語句分解，更容易學好韓語了。以下是韓文句子空格的規則：
1. 具獨立意義的詞彙，原則上就必須前後空格
2. 助詞作為協助判斷角色的功能，必須緊連在前方詞彙之後
3. 形容詞、動詞後方的語尾，必須緊連在其後
4. 一些特定的用法會緊連在前方詞彙之後，如：接頭辭、接尾辭

　　知道大家覺得有點小複雜了，讓我們看看一個例子。

친구**가** 어제 3 시**쯤** 돌아**왔어요**.
朋友　　昨天　3 點　　回來
助詞　　　　　接尾辭　　語尾

　　「친구」（朋友）、「어제」（昨天）、「3 시」（3 點）、「돌아오다」（回來）互相具有獨立意義，因此前後空格。「가」（主格助詞）因為是助詞，所以緊連在「친구」（朋友）後方。「–았어요」（過去形語尾）因為屬於語尾，緊連在「돌아오다」（回來）後方。「쯤」（大約）則因為是接尾辭，因此緊連在「3 시」（3 點）後方。

PART 1
認識韓語

利用實際例子解釋後,是不是沒有想像中困難呢?如果還是覺得不容易,那也絕對不用緊張,韓文句子的空格規則,可以就默默放在心裡就好,在之後學習韓語時多多跟著句子練習寫,就會很神奇地自然而然學會了,沒有騙大家喔!

6. 韓語學習的兩大重點

在學習外語時,除了認真背單字之外,最重要的應該就是文法了,而韓語也不例外。提到韓語的文法,最重要的就是「助詞」和「句型」,這可以說是韓語學習中的兩大支柱,那我們就正式看看這兩個能支撐起大家韓語能力的兩大支柱吧!

(1) 助詞

在前面我們有提到,助詞可以讓對方清楚知道句子中各詞彙所扮演的角色、地位,讓語順比較自由的韓語仍然可以順暢地被表達出來,但助詞還有另外一種功能,就是可以為句子添加新的意思,那就讓我們一起用例子看看助詞在句子中的樣子吧。

> 1. 학교가 아주 크다.(學校很大。)
> 2. 학교를 설립한다.(設立學校。)
> 3. 학교에 간다.(去學校。)
> 4. 학교의 수업이 끝났다.(學校的課結束了。)

在上面例子中,名詞「학교」(學校)是一個本質不變的名詞,但在不同的句子中,可以有不同的角色。第 1 句中的學校後方加上主格助詞「가」,表示學校是「狀態的主語」。第 2 句中的學校後方加上受格助詞「를」,表示學校是「受動作影響的對象」。第 3 句中的學校後方加上副詞格助詞「에」,表示學校是「動作的目的地」。第 4 句中的學校後方則加上冠形格助詞「의」,表示學校是「從屬關係的所有者」。

> 5. 나는 시간이 안 된다.（我時間無法配合。）
> 6. 나만 학생이다.（只有我是學生。）
> 7. 나도 먹고 싶다.（我也想要吃。）
> 8. 나까지 불러왔다.（連我都叫來了。）

在上面例子中，名詞「나」（我）是一個本質不變的名詞，後方緊連的補助詞卻可以為句子添加新的意思。第 1 句中的我後方加上「는」，表示我是「話題的主題」。第 2 句中的我後方加上「만」，表示我是「限定的對象」。第 3 句中的我後方加上「도」，表示我是「添加的項目」。第 4 句中的我後方則加上「까지」，表示我是「超越既有程度的項目」。

助詞的種類十分多樣，用法也非常豐富，大家在發音練習結束，正式進入韓語學習時，我們會一個一個按部就班地處理它們。覺得這沒什麼嗎？可千萬不要小看助詞，就是這一個個看似無意義、簡短的文法，卻是韓國人可以流暢又精簡溝通的祕密武器呢。

（2）句型

相較於助詞比較像是具有畫龍點睛的效果，句型則是在表達意思時絕對不可缺少的文法要素。利用不同的句型，我們可以說出含有不同意義的對話，那就讓我們一起用例子看看句型在句子中的樣子吧。

> 1. 날씨가 좋아서 기분도 좋다.（因為天氣好，心情也好。）
> 2. 밥을 먹고 좀 쉬었다.（吃完飯後稍微休息了一下。）
> 3. 제발 가지 마세요.（拜託請千萬不要去。）
> 4. 그는 요즘 바쁜 것 같다.（他最近好像很忙。）

PART 1 認識韓語

在上面例子中,句子中的句型都有著完全不同的意思。第 1 句中的「-아/어/여서」表示的是「原因」,第 2 句中的「-고」表示的是「先後順序」,第 3 句中的「-지 마세요」表示的是「禁止」,而第 4 句中的「-는/(으)ㄴ/(으)ㄹ 것 같다」表示的則是「推測」。

句型的學習很有趣,每次學到新的句型時,就好像瞬間開啟了新世界一樣,可以用韓語表達的句子數量迅速飆升,讓人很有成就感。總結來說,韓語中的兩大支柱——助詞、句型,是用來評斷學習者韓語能力的重大指標,掌握了這兩大文法項目,也就等於掌握了韓語溝通的祕密金鑰!

7. 視場合而改變的韓語

不知道大家在看韓劇時是否會有點疑惑,為什麼韓語有那麼多種結尾的方式呢?不少人會開玩笑地說韓語就是加上「思米達」或「嘿呦」就可以呢。其實這樣的說法也沒有錯,但是韓語其實還有更多種結尾的方法喔!

韓語視場合、情況的不同,在表達方式上會有所不同,而其中最明顯的就屬「句子的結尾方式」了,而在韓語我們將它們稱作「終結語尾」。一樣的意思,在面對不同的人,處在不同的場合,或是心境上的差別,都可能會影響終結語尾的選擇,這是韓語中十分具獨特性的特徵。不同的終結語尾,可以讓韓國人知道說話的人是否對聽者表示尊敬,也可以知道場合的正式、莊重與否,還可以知道說話內容的受眾究竟是誰。在這裡我們就拿「敬語」、「半語」,以及「書面體」這三個最簡單易懂的終結語尾來說明好了。

(1) 敬語

敬語可以再細分為「正式」和「非正式」的敬語。首先,敬語是在話者對聽者表示尊敬時使用,而演說、新聞報導、公務、商務、軍隊、強調尊敬等場合,都算是十分正式的。至於一般口語、聊天等場合,則算是非正式的。讓我們來看看實際例子吧。

> 1. 회의는 여기서 마치겠습니다.（會議就到這裡結束。）
> 2. 수업이 일찍 끝났어요？（課程提早結束了嗎？）

　　在上面例子中，第 1 句可能是在會議進行時所說的話，而會議算是個比較正式的場合，因此使用了「－습니다」作為終結語尾。第 2 句可能是在日常生活中出現的對話，算是個比較不正式、隨意的場合，因此使用了「－어요」作為終結語尾。這兩種不同的終結語尾，不只是在發音上有所不同，話者想傳達、營造的氣氛也完全不一樣。

（2）半語

　　半語是相對於敬語的概念，那為什麼會叫做半語呢？舉例來說，愛的非正式敬語是「사랑해요」，而半語是「사랑해」，把「요」截斷後只剩下一半的句子，因此被稱作為半語。半語因為沒有對聽者表示尊敬，所以不能使用在正式的場合中，也就沒有所謂的正式、非正式的區別了。讓我們來看看實際例子吧。

> 3. 당신을 너무나 사랑해요.（真的很愛你。）
> 4. 오늘 학교에 안 가도 돼？（今天不去學校沒關係嗎？）

　　在上面例子中，第 3 句對聽者表示尊敬，而且是在一個比較不正式、隨意的場合，所以加上了「요」。第 4 句沒有對聽者表示尊敬，可能是對朋友、年齡較小、地位較低的人說話，所以就不加上「요」，就變成半語。

（3）書面體

　　前面提到的敬語、半語，都是在有明確聽者時使用的，但有時在表達時並沒有明確的聽者，像是日記、作文、報紙、研究報告、法律條文、文學作品等，這時書面體的運用就十分重要，扮演著第三人稱客觀敘述的功用。讓我們來看看實際例子吧。

> 서울은 한국의 수도로 , 정치와 경제의 중심지이다 . 고층 빌딩이 즐비한 도시지만 , 전통 문화와 유적지도 함께 공존하고 있다 .
> （首爾是韓國的首都，也是政治與經濟的中心。雖然是一座高樓林立的現代城市，但傳統文化與歷史遺跡也同時共存其中。）

　　在上面例子中，是對首爾的一段敘述，可能出現在旅遊書籍、報紙專欄等場合中，因為沒有特定聽者、讀者，使用書面體紀錄可以給人一種客觀敘述的感覺。

　　到這裡，我們算是對韓語有著初步的認識了，接下來我們就要正式開始進入韓語學習了。準備好了嗎？打起精神，全神貫注，我們開始學習韓語發音了喔！

PART 2
韓語發音

1. 單母音
2. 平音子音
3. 複母音 1
4. 複母音 2
5. 激音子音
6. 硬音子音
7. 尾聲
8. 連音規則
9. 用基本招呼語熟悉發音
10. 韓語發音練習表

　　「ㅓ」跟「ㅗ」到底該怎麼區分？為什麼「ㄴ」跟「ㅇ」的發音這麼像？韓國人說話好像比較用力？

　　在本單元，我們將一一說明韓語母音、子音的發音訣竅，只要跟著學習，絕對不再迷惘！貼心的發音技巧解說，搭配最標準的發音音檔，透過基本的單字範例反覆練習，從此不再對韓語發音感到困擾。學完本單元，看到韓文單字、句子就能輕鬆讀出，不再擔心韓國人聽不懂自己說的韓語。自信心爆棚，指日可待！

PART 2 韓語發音

單母音

　　韓語中的母音,可以單獨發音,或和子音結合一起發音,但在單獨發音時,書寫時必須搭配「ㅇ」。而母音中單母音的「單」,正是「單一」的意思,所以在發音時嘴形不會有所改變,且氣流存在一定的長度。

ㅏ a

嘴巴盡量張大,才不會和其他母音混淆。

MP3 006

ㅏ	ㅏ	ㅏ
아	아	아

ㅓ eo

嘴巴只比「ㅏ」小一些,嘴唇也不需要用力或往前嘟。

MP3 007

ㅓ	ㅓ	ㅓ
어	어	어

ㅗ o

嘴巴往前縮小,嘴唇用力往下嘟,也要注意嘴形不可以改變。

MP3 008

ㅗ	ㅗ	ㅗ
오	오	오

ㅜ u

嘴巴往前縮小,嘴唇用力往上嘟。

MP3 009

ㅜ	ㅜ	ㅜ
우	우	우

24

字母	說明	發音	MP3
ㅡ eu	嘴巴往兩邊張開，這時嘴形是扁平的，舌頭也不用卷起。	으 으 으	010
ㅣ i	嘴巴比「ㅡ」大一些，嘴形還是扁平的。	이 이 이	011
ㅐ ae	嘴巴比「ㅣ」大一些，要注意嘴形不可以改變。	애 애 애	012
ㅔ e	嘴形與「ㅐ」相同，要注意嘴形不可以改變。	에 에 에	013

▶ 現代韓語中「ㅐ」和「ㅔ」的發音、嘴形一樣，但因為單字中有固定搭配的字，所以音標還是會不同。

PART 2　韓語發音

25

PART 2 韓語發音

平音子音

韓語中的子音，不可以單獨發音，需要搭配母音一起唸讀。而平音中的「平」，正是「平坦」的意思，所以在發音時不需太過用力，才不會和之後學習的其他子音混淆。

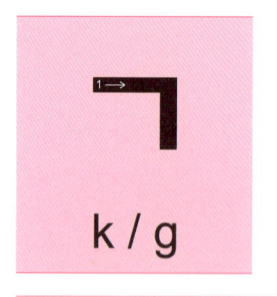

ㄱ k / g

舌頭根部向後，堵住靠近喉嚨的軟顎，這時舌頭會呈現攏起來的樣子。
注意 在音首時為「k」音，非音首時為「g」音。

MP3 014

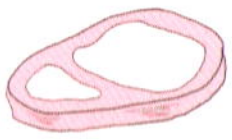

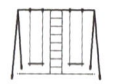

고기	그네
肉 ko-gi	鞦韆 keu-ne

가	거	고	구	그	기	개	게
가	거	고	구	그	기	개	게

▶ 音首：指的是在不間斷唸讀時的第一個音。

▶ 範例中的「고기」，在連續唸讀時「고」為音首，「기」為非音首。

ㄴ n

舌頭前端碰在上顎與前門牙的交界處，這時舌頭會呈現向上微微捲起來的樣子。

MP3 015

나비	누구
蝴蝶 na-bi	誰 nu-gu

나	너	노	누	느	니	내	네
나	너	노	누	느	니	내	네

ㄷ t / d

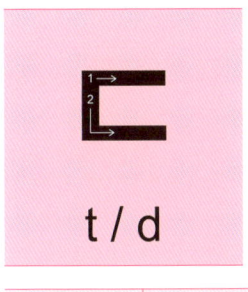

舌頭前端碰在上顎的前半部，這時氣流會先被舌頭堵住。
注意 在音首時為「t」音，非音首時為「d」音。

MP3 016

다도	두부
茶道 ta-do	豆腐 tu-bu

다	더	도	두	드	디	대	데
다	더	도	두	드	디	대	데

▶ 範例中的「다도」，在連續唸讀時「다」為音首，「도」為非音首。

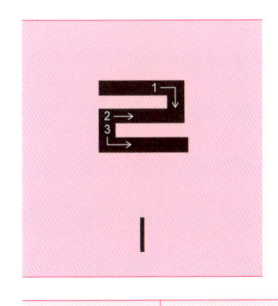

ㄹ l

舌頭前端碰在上顎的前半部，這時舌頭有輕輕彈舌的感覺。

MP3 017

나라	하루
國家 na-la	一天 ha-lu

라	러	로	루	르	리	래	레
라	러	로	루	르	리	래	레

PART 2　韓語發音

PART 2　韓語發音

ㅁ m

嘴唇先閉起來，這時氣流會先從鼻子出來，再從張開後的嘴巴出來。

MP3 018

모자	무기
帽子　mo-ja	武器　mu-gi

마	머	모	무	므	미	매	메
마	머	모	무	므	미	매	메

ㅂ p / b

嘴唇先閉起來，這時氣流會先被嘴唇堵住。
注意 在音首時為「p」音，非音首時為「b」音。

MP3 019

바보	부자
笨蛋　pa-bo	有錢人　pu-ja

바	버	보	부	브	비	배	베
바	버	보	부	브	비	배	베

▶ 範例中的「바보」，在連續唸讀時「바」為音首，「보」為非音首。

ㅅ
s

舌頭先往上抬，靠近上顎的中前半部，這時中間會有通道讓氣流摩擦通過。

MP3 020

사자	미소
獅子 sa-ja	微笑 mi-so

사	서	소	수	스	시	새	세
사	서	소	수	스	시	새	세

▶ 這時的音比起音標中的「s」，更接近介於「ㄙ」、「ㄒ」中間的音。

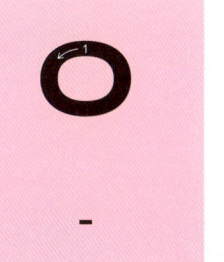

ㅇ
-

當單獨與母音結合時，此子音不發音，唸讀母音即可。

MP3 021

아기	우기
幼兒 a-gi	雨季 u-gi

아	어	오	우	으	이	애	에
아	어	오	우	으	이	애	에

▶ 此子音之後放在字的底部、當作尾聲時才會發音，唸作鼻音「ng」。

PART 2 韓語發音

PART 2 韓語發音

ㅈ
ch / j

舌頭往上碰在上顎的中半部，這時氣流是先被舌頭堵住的。
注意 在音首時為「ch」音，非音首時為「j」音。

MP3 022

저주	조개
詛咒 cheo-ju	蛤蜊 cho-ge

자	저	조	주	즈	지	재	제
자	저	조	주	즈	지	재	제

▶ 這個子音有兩種寫法，一種是書寫體「ㅈ」，另一種是印刷體「ㅈ」。

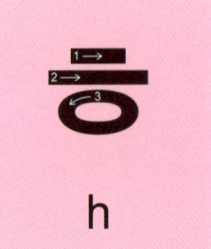

ㅎ
h

舌頭不需要動，把力量放在喉嚨，讓氣流和喉嚨摩擦產生音。

MP3 023

허가	호수
允許 heo-ga	湖泊 ho-su

하	허	호	후	흐	히	해	헤
하	허	호	후	흐	히	해	헤

▶ 這個子音的上半部是兩條一長一短的平行線，並非一撇或是一點。

▶ 之後學習的子音中的「激音」，音標中的小「h」字，就是源自於這個子音。

複母音 1

　　母音中複母音的「複」，正是「複合」的意思，是由兩個母音成分組合而成，所以在發音時嘴形會有所改變。這一章節的複母音較為簡單，都是在母音的前方加上一個短促的「ㅣ」後發音就可以了。

ㅑ ya

| 야구 棒球 ya-gu | 야수 野獸 ya-su |

MP3 024

由「ㅣ」和「ㅏ」結合而成。

ㅕ yeo

| 여자 女生 yeo-ja | 혀 舌頭 hyeo |

MP3 025

由「ㅣ」和「ㅓ」結合而成。

ㅛ yo

| 요가 瑜珈 yo-ga | 사료 飼料 sa-lyo |

MP3 026

由「ㅣ」和「ㅗ」結合而成。

31

PART 2 韓語發音

ㅠ yu	유자 柚子　yu-ja	뉴스 新聞　nyu-seu	

MP3 027

由「ㅣ」和「ㅜ」結合而成。

ㅠ	ㅠ	ㅠ
유	유	유

ㅐ yae	얘기 談話　yae-gi	얘 這個人　yae	

MP3 028

由「ㅣ」和「ㅐ」結合而成。

ㅒ	ㅒ	ㅒ
얘	얘	얘

ㅖ ye	예수 耶穌　yu-su	노예 奴隸　no-ye	

MP3 029

由「ㅣ」和「ㅔ」結合而成。

ㅖ	ㅖ	ㅖ
예	예	예

▶ 現代韓語中「ㅐ」和「ㅔ」的讀音、嘴形一樣，但因為單字中有固定搭配的字，所以音標還是會不同。

複母音 2

　　母音中複母音的「複」，正是「複合」的意思，是由兩個母音成分組合而成，所以在發音時嘴形會有所改變。這一章節的複母音，皆是由兩個不同母音成分組合而成，也需要注意它們有固定的組合方式，不能任意拼湊書寫。

ㅘ wa

와규	사과
和牛　wa-gyu	蘋果　sa-gwa

MP3 030

由「ㅗ」和「ㅏ」結合而成。

ㅝ wo

샤워	훠궈
淋浴　sya-wo	火鍋　hwo-gwo

MP3 031

由「ㅜ」和「ㅓ」結合而成。

ㅟ wi

위기	귀
危機　wi-gi	耳朵　kwi

MP3 032

由「ㅜ」和「ㅣ」結合而成。

▶ 在實際發音中，「ㅟ」也常被唸作接近注音符號「ㄩ」的音，因此在聆聽時需要特別注意。

PART 2　韓語發音

ㅙ　wae

	쾌유		괘
痊癒	kwae-yoo	卦象	kwae

MP3 033

由「ㅗ」和「ㅐ」結合而成。

ㅙ	ㅙ	ㅙ
왜	왜	왜

ㅚ　oe

	야외		죄
野外	ya-woe	罪	choe

MP3 034

由「ㅗ」和「ㅣ」結合而成。

ㅚ	ㅚ	ㅚ
외	외	외

ㅞ　we

	웨이브		궤도
波浪	we-i-beu	軌道	kwe-do

MP3 035

由「ㅜ」和「ㅔ」結合而成。

ㅞ	ㅞ	ㅞ
웨	웨	웨

▶ 現代韓語中「ㅙ」、「ㅚ」和「ㅞ」的讀音、嘴形一樣，但因為單字中有固定搭配的字，所以音標還是會不同。

	의자	의사
ui	椅子 ui-ja	醫生 ui-sa

由「ㅡ」和「ㅣ」結合而成。

▶ 現代韓語中的「ㅢ」實際上共有三種讀音,這是為了發音方便演變而成的。

	讀音	狀況	例子
1	[ㅢ] (ui)	以「의」模樣出現,不和其他子音結合,且位於音首	의미 [ui-mi](意思)
2	[ㅔ] (e)	以「의」模樣出現,且當作「的」意思	나의 [na-e](我的)
3	[ㅣ] (i)	以「의」模樣出現,不和其他子音結合,但不位於音首	주의 [chu-i](注意)
		和其他子音結合	무늬 [mu-ni](紋路)

激音子音

PART 2 韓語發音

　　激音中的「激」，是「激烈」的意思，又可被稱為「送氣音」。在發音時要添加較強烈的氣流，才不會和之前學習的「平音子音」混淆。

▶ 為了和「平音子音」中「音首」的讀音做區別，音標中的小「h」字，代表著強烈氣流。

▶ 雙手拿一張衛生紙放在嘴巴 10 公分前面，可以發現在唸讀時，衛生紙會飄動得很明顯。

ㅋ k^h

在子音「ㄱ」的基礎上，添加強烈的氣流。

MP3 038

카드	키위
卡片　k^{h}a-deu	奇異果　k^{h}i-ui

카	커	코	쿠	크	키	캐	케
카	커	코	쿠	크	키	캐	케

ㅌ t^h

在子音「ㄷ」的基礎上，添加強烈的氣流。

MP3 039

타워	외투
塔樓　t^{h}a-wo	外套　woe-t^{h}u

타	터	토	투	트	티	태	테
타	터	토	투	트	티	태	테

ㅍ p^h	在子音「ㅂ」的基礎上，添加強烈的氣流。	MP3 040

	대파 大蔥　　tae-p^{h}a		피 血　　p^{h}i

파	퍼	포	푸	프	피	패	페
파	퍼	포	푸	프	피	패	페

ㅊ ch^h	在子音「ㅈ」的基礎上，添加強烈的氣流。	MP3 041

	기차 火車　　ki-ch^{h}a		배추 白菜　　pae-ch^{h}u

차	처	초	추	츠	치	채	체
차	처	초	추	츠	치	채	체

▶ 這個子音有兩種寫法，一種是書寫體「ㅊ」，另一種是印刷體「ㅊ」。

硬音子音

PART 2 韓語發音

　　硬音中的「硬」，正是「堅硬」的意思，又可被稱為「擠喉音」。在發音時需搭配喉部肌肉的用力，才不會和之前學習的「平音子音」混淆。

▶ 為了和「平音子音」的讀音做區別，音標中重複的英文字，代表著加倍的用力程度。

▶ 雙手輕摸下巴和脖子交界的兩側，可以發現在唸讀時，喉嚨處的肌肉用力收縮。

ㄲ gg

在子音「ㄱ」的基礎上，，搭配著喉部肌肉的用力。

MP3 042

| 喜鵲 까치 gga-chʰi | 尾巴 꼬리 ggo-li |

| 까 | 꺼 | 꼬 | 꾸 | 끄 | 끼 | 깨 | 께 |

ㄸ dd

在子音「ㄷ」的基礎上，搭配著喉部肌肉的用力。

MP3 043

| 同儕 또래 ddo-lae | 拿鐵 라떼 ra-dde |

| 따 | 떠 | 또 | 뚜 | 뜨 | 띠 | 때 | 떼 |

bb

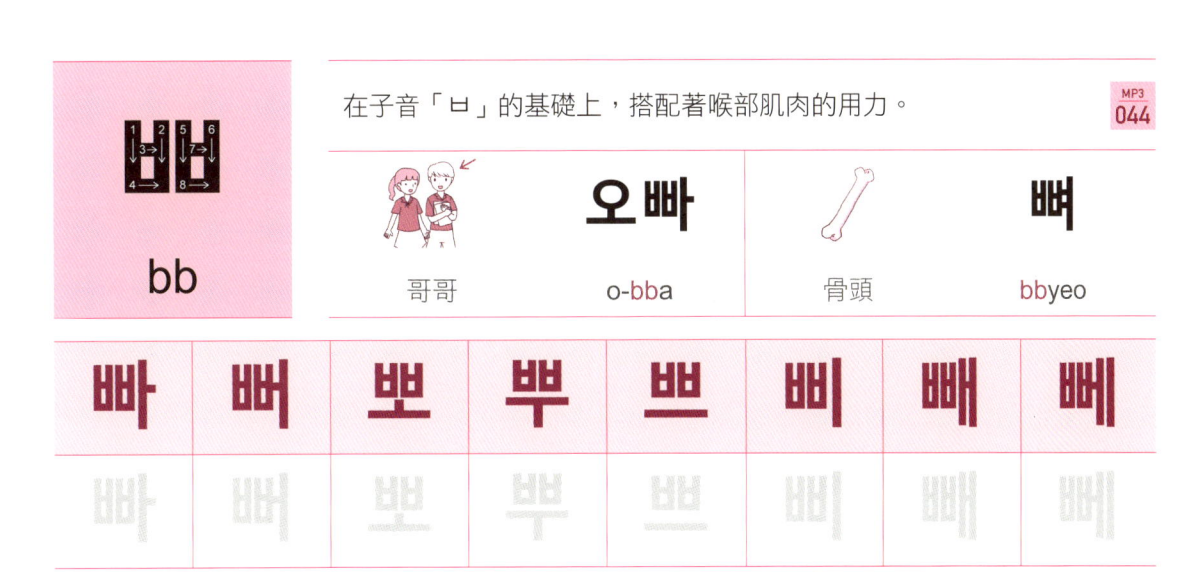

在子音「ㅂ」的基礎上，搭配著喉部肌肉的用力。

MP3 044

	오빠		뼈
哥哥	o-bba	骨頭	bbyeo

빠	뻐	뽀	뿌	쁘	삐	빼	뻬
빠	뻐	뽀	뿌	쁘	삐	빼	뻬

ss

在子音「ㅅ」的基礎上，搭配著喉部肌肉的用力。

MP3 045

	쓰레기		씨
垃圾	sseu-le-gi	籽	ssi

싸	써	쏘	쑤	쓰	씨	쌔	쎄
싸	써	쏘	쑤	쓰	씨	쌔	쎄

PART 2 韓語發音

PART 2 韓語發音

ㅉ jj	在子音「ㅈ」的基礎上，搭配著喉部肌肉的用力。	찌개 燉鍋　jji-gae	가짜 冒牌貨　ka-jja

짜	쩌	쪼	쭈	쯔	찌	째	쩨

▶ 這個子音有兩種寫法，一種是書寫體「ㅉ」，另一種是印刷體「ㅉ」。

為了正確區分「平音子音」、「激音子音」和「硬音子音」，可以將這些子音放在一起比較，多多唸讀。

平音子音 + 單母音	激音子音 + 單母音	硬音子音 + 單母音
가 [k / ga]	카 [kʰa]	까 [gga]
다 [t / da]	타 [tʰa]	따 [dda]
바 [p / ba]	파 [pʰa]	빠 [bba]
사 [sa]		싸 [ssa]
자 [ch / ja]	차 [chʰa]	짜 [jja]

40

尾聲

　　韓語中的子音，除了可和母音單獨結合之外，還可以放置於音節的後半部，此時稱為「尾聲」，但由於韓語本身的特性，尾聲的發音只能被歸納為 7 種代表音。也就是說，即使位於尾聲的「字」不同，仍然有可能對應到相同的「音」。

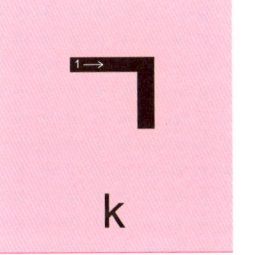

ㄱ k

利用舌頭根部「快速」向後堵住靠近喉嚨的軟顎。
注意 舌頭堵住之後，要等到氣流消失才可以放鬆舌頭。

MP3 048

악기	부엌
樂器　　ak-gi	廚房　　pu-eok

악	억	옥	욱	으	익	액	엑

▶ 這個尾聲是「ㄱ」、「ㅋ」、「ㄲ」、「ㄳ」、「ㄺ」的代表音，也就是說，「악」、「앜」、「앆」、「앇」、「앍」都唸作〔악〕。

ㄴ n

舌頭前端「緊緊」碰在上顎與前門牙的交界處，氣流從鼻子出來。
注意 舌頭碰到前門牙後，不用馬上把舌頭放下。

MP3 049

온천	앉다
溫泉　　on-ch ʰeon	坐　　an-da

안	언	온	운	은	인	앤	엔

▶ 這個尾聲是「ㄴ」、「ㄵ」、「ㄶ」的代表音，也就是說，「안」、「앉」、「앉」都唸作〔안〕。

41

PART 2 韓語發音

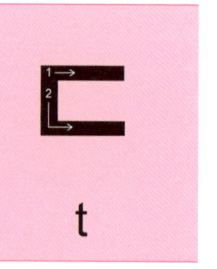

ㄷ / t

舌頭前端「快速用力」堵在上顎的前半部。
注意 舌頭堵住之後，要等到氣流消失才可以放鬆舌頭。

돋보기	햇빛
放大鏡　tot-bo-gi	陽光　haet-bit

앋	얻	옫	욷	읃	읻	앧	엗
앋	얻	옫	욷	읃	읻	앧	엗

► 這個尾聲是「ㄷ」、「ㅅ」、「ㅈ」、「ㅊ」、「ㅌ」、「ㅆ」的代表音，也就是說，「앋」、「앗」、「앚」、「앛」、「앝」、「았」都唸作 [앋]。

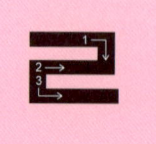

ㄹ / l

舌頭前端「緊緊」碰在上顎的前半部，氣流從舌頭兩邊出來。
注意 舌頭碰到上顎後，不用馬上把舌頭放下。

달걀	여덟
雞蛋　tal-gyal	八　yeo-deol

알	얼	올	울	을	일	앨	엘
알	얼	올	울	을	일	앨	엘

► 這個尾聲是「ㄹ」、「ㄼ」、「ㄺ」、「ㄾ」、「ㅀ」的代表音，也就是說，「알」、「앎」、「앐」、「앑」、「앓」都唸作 [알]。

ㅁ
m

嘴唇「緊緊」閉起來，氣流從鼻子出來。
注意 嘴唇閉上之後，不用馬上把嘴巴張開。

MP3 052

엄마	젊다
媽媽 eom-ma	年輕 cheom-da

암	엄	옴	움	음	임	앰	엠
암	엄	옴	움	음	임	앰	엠

▶ 這個尾聲是「ㅁ」、「ㄻ」的代表音，也就是說，「암」、「앎」都唸作 [암]。

ㅂ
p

嘴唇「快速用力」閉起來，堵住氣流。
注意 嘴巴閉上之後，要等到氣流消失才張開嘴巴。

MP3 053

입술	값
嘴唇 ip-sul	價格 kap

압	업	옵	웁	읍	입	앱	엡
압	업	옵	웁	읍	입	앱	엡

▶ 這個尾聲是「ㅂ」、「ㅍ」、「ㄿ」、「ㅄ」的代表音，也就是說，「압」、「앞」、「앎」、「값」都唸作 [압]。

PART 2 韓語發音

43

PART 2 韓語發音

ㅇ ng	利用舌頭根部向後堵住靠近喉嚨的軟顎，氣流從鼻子出來。 注意 舌頭前端不可往上碰到上顎、上門牙。				MP3 054
	背包	배낭 pae-nang	芒果	망고 mang-go	

앙	엉	옹	웅	응	잉	앵	엥
앙	엉	옹	웅	응	잉	앵	엥

► 這個尾聲只對應到「ㅇ」。

練習完尾聲的發音後，可以把以上 7 個尾聲所對應到的子音字母整理成以下表格，背起來後就能輕鬆掌握了。

	代表尾聲	子音字母
1	[ㄱ] [k]	ㄱ、ㅋ、ㄲ、ㄳ、ㄺ
2	[ㄴ] [n]	ㄴ、ㄵ、ㄶ
3	[ㄷ] [t]	ㄷ、ㅈ、ㅊ、ㅅ、ㅌ、ㅆ
4	[ㄹ] [l]	ㄹ、ㄼ、ㄽ、ㄾ、ㅀ
5	[ㅁ] [m]	ㅁ、ㄻ
6	[ㅂ] [p]	ㅂ、ㅍ、ㄿ、ㅄ
7	[ㅇ] [ng]	ㅇ

連音規則

　　因為有尾聲的特性，導致韓語在唸讀的時候，為了讓發音更順暢，產生了不少音的變化。而這一章節中的連音規則，是在學習韓語時最重要、基本的規則，也相對比較簡單。現在我們就來一起看看連音規則吧！

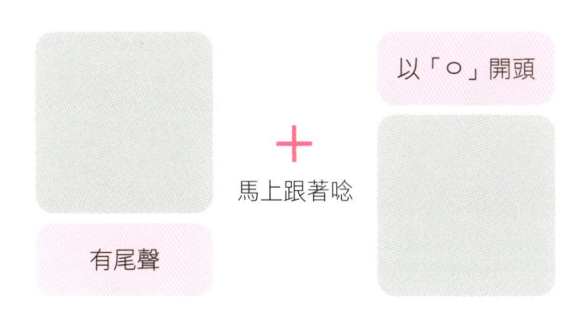

有尾聲 ＋ 以「ㅇ」開頭
馬上跟著唸

規則：
條件一：前一字有尾聲，也就是在字的底部有字
條件二：後一字以「ㅇ」開頭

當上面兩條件「同時滿足」時，連音現象就會發生。

▶ 連音是在連續唸讀時才會發生的現象，如果前、後兩字分開唸讀，或是唸得很慢，就不需要連音了。這時候如果連音，反而會讓對方聽不懂。

既然知道了規則，就來看看實際的例子吧！

例子 1　**음식**
滿足 ○　條件一：前一字有尾聲，也就是在字的底部有字
不滿足 ✗　條件二：後一字以「ㅇ」開頭
⚠ 不會發生連音現象

例子 2　**수업**
不滿足 ✗　條件一：前一字無尾聲，也就是在字的底部沒有字
滿足 ○　條件二：後一字以「ㅇ」開頭
⚠ 不會發生連音現象

PART 2 韓語發音

例子 3
MP3 057

중앙

滿足 ○ 　條件一：前一字有尾聲，也就是在字的底部有字
滿足 ○ 　條件二：後一字以「ㅇ」開頭

☑ 會發生連音現象，唸作 [중앙]

▶ 前一字的尾聲是「ㅇ」[ng] 時，鼻音會延續到後一個音

例子 4
MP3 058

국어

滿足 ○ 　條件一：前一字有尾聲，也就是在字的底部有字
滿足 ○ 　條件二：後一字以「ㅇ」開頭

☑ 會發生連音現象，唸作 [구거]

例子 5
MP3 059

있어

滿足 ○ 　條件一：前一字有尾聲，也就是在字的底部有字
滿足 ○ 　條件二：後一字以「ㅇ」開頭

☑ 會發生連音現象，唸作 [있어]

▶ 「ㅆ」是一個既有的子音字母，所以需要一起連音到後字

例子 6
MP3 060

밟아

滿足 ○ 　條件一：前一字有尾聲，也就是在字的底部有字
滿足 ○ 　條件二：後一字以「ㅇ」開頭

☑ 會發生連音現象，唸作 [발바]

▶ 「ㄼ」不是一個既有的子音字母，所以只需要把靠近後一字的「ㅂ」連音即可

練習看看 MP3 061

1. 저는 매일 아침에 밥을 먹어요.
   　　　　[매이라치메]　　[바블]　[머거요]

2. 이 쇼파에 앉으시는 것이 어때요?
   　　　　　　[안즈시는]　[거시]

3. 중국 친구를 만나러 서울에 갔어요.
   　　　　　　　　　　[서우레]　[가써요]

4. 시장에서 예쁜 옷을 사고 싶어요.
   [시장에서]　　[예쁘노슬]　　　[시퍼요]

5. 어학당에서 한국어를 배우고 있어요.
   [어학당에서]　　[한구거를]　　　　[이써요]

▶ 需要特別注意，連音現象只和「音」有關，「字」是不會改變的，只要滿足條件、連續唸讀，連音現象就會發生。

PART 2 韓語發音

用基本招呼語熟悉發音

（1）您好嗎？

안녕하세요?

안녕하세요?

（2）再見。（對要離開現場的人說）

안녕히 가세요.

안녕히 가세요.

（3）再見。（對要留在現場的人說，或書信、電話中）

안녕히 계세요.

안녕히 계세요.

（4）謝謝。

고마워요. / 감사해요.

고마워요. / 감사해요.

（5）不客氣。

아니에요.

아니에요.

（6）對不起。

미안해요. / 죄송해요.

미안해요. / 죄송해요.

（7）沒關係。

괜찮아요.

괜찮아요.

（8）很高興認識你。

만나서 반가워요.

만나서 반가워요.

（9）從今以後就麻煩您了。

앞으로 잘 부탁드려요.

앞으로 잘 부탁드려요.

（10）好，我知道了。

네, 알겠어요.

네, 알겠어요.

PART 2 韓語發音

韓語發音練習表

　　發音就此告一段落了，雖然還有其他音的變化和例外的發音，但可以在以後遇到時邊學邊記。現在讓我們用韓語的發音表格做最後的練習，邊聽邊寫，邊寫邊唸，同時確認自己是否都會唸了吧！

▶ 發音表格「橫著唸」時練習母音，「豎著唸」時練習子音，一表兩用。

平音

子音 單母音	ㄱ	ㄴ	ㄷ	ㄹ	ㅁ	ㅂ	ㅅ	ㅇ	ㅈ
ㅏ	가	나	다	라	마	바	사	아	자
ㅓ	거	너	더	러	머	버	서	어	저
ㅗ	고	노	도	로	모	보	소	오	조
ㅜ	구	누	두	루	무	부	수	우	주
ㅡ	그	느	드	르	므	브	스	으	즈
ㅣ	기	니	디	리	미	비	시	이	지
ㅐ	개	내	대	래	매	배	새	애	재
ㅔ	게	네	데	레	메	베	세	에	제

PART 2 韓語發音

激音					硬音				
ㅎ	ㅋ	ㅌ	ㅍ	ㅊ	ㄲ	ㄸ	ㅃ	ㅆ	ㅉ
하	카	타	파	차	까	따	빠	싸	짜
허	커	터	퍼	처	꺼	떠	뻐	써	쩌
호	코	토	포	초	꼬	또	뽀	쏘	쪼
후	쿠	투	푸	추	꾸	뚜	뿌	쑤	쭈
흐	크	트	프	츠	끄	뜨	쁘	쓰	쯔
히	키	티	피	치	끼	띠	삐	씨	찌
해	캐	태	패	채	깨	때	빼	쌔	째
헤	케	테	페	체	께	떼	뻬	쎄	쩨

　　恭喜大家學完發音了，接下來就要進入韓語的實用句型了，發音還沒背熟的話，可以多花點時間加油加油囉！

51

memo

PART 3
超實用句型

學習目標	運用單字
名詞은/는 名詞이에요/예요	人名、國家
名詞은/는 名詞이/가 아니에요	家人、職業
이(이거,여기)/그(그거,거기)/저(저거.저기)	日常用品、所屬人事物
名詞이/가 있어요/없어요	商店物品
名詞에 있어요/없어요	韓國景點、地名
名詞을/를 주세요	食物、飲品
名詞에 가요/名詞에서 왔어요	場所、臺灣地名

　　學習語言時，最擔心的就是課本中的內容與日常生活沒有連結！

　　本單元準備的常用單字及實用句型，都是在韓劇或是韓國綜藝節目中常聽到的內容，讓大家在不知不覺中複習學過的單字及句型。搭配詳細的句型解說，邊聽邊寫，猶如韓語家教在身邊，學習效果加倍！

PART 3 超實用句型

超實用句型（～是～）
學習目標：名詞은 / 는　名詞이에요 / 예요
運用單字：人名、國家

主題　助詞　　　名詞　　　　이다

저는　줄리앙이에요.
　我（謙稱）　　朱利安　　　是

中文翻譯：我是朱利安。

▶ 「은/는」是助詞，讓前面的名詞成為句子中的主題。有尾聲（底下有字）時使用「은」，無尾聲（底下沒字）時則使用「는」。

▶ 「이에요/예요」是由「이다」變化而來，為「是～」的意思。有尾聲時使用「이에요」，無尾聲時則使用「예요」。另外，陳述句時標點符號是「 . 」，疑問句時標點符號則是「？」。

✓ 換個單字說說看

1. 나는　철수예요.
　 我（非謙稱）哲秀　是

（我是哲秀。）

單字 Check
▶ 저（謙稱的我）
▶ 나（非謙稱的我）

2. 지민은　대만　사람이에요？
　 智旻　　　臺灣人　　　是

（智旻是臺灣人嗎？）

單字 Check
▶ 대만 사람（臺灣人）

✓ 換個單字寫寫看　MP3 065

1. 저는 외국인이에요 .
（我是外國人。）

저는 외국인이에요 .

單字 Check
▶ 외국인（外國人）

2. 수빈은 제 친구예요 .
（秀彬是我的朋友。）

수빈은 제 친구예요 .

單字 Check
▶ 제 친구（我的朋友）

3. 아저씨는 한국 사람이에요 ?
（大叔是韓國人嗎？）

아저씨는 한국 사람이에요 ?

單字 Check
▶ 아저씨（大叔）
▶ 한국 사람（韓國人）

4. 직원은 남자예요 ?
（職員是男生嗎？）

직원은 남자예요 ?

單字 Check
▶ 직원（職員）
▶ 남자（男生）

PART 3
超實用句型

● 代換練習 1 MP3 066

將下方句子中的「김미라（金美羅）」，替換成其他單字，一起練習寫寫看吧！

저는 김미라예요.
（我是金美羅。）

1. **한재민**（韓載民）

   저는 한재민이에요.

2. **이보영**（李寶英）

   저는 이보영이에요.

3. **박신혜**（朴信惠）

   저는 박신혜예요.

4. **정하나**（鄭河那）

   저는 정하나예요.

5. **최시원**（崔始源）

   저는 최시원이에요.

6. **유지태**（劉智泰）

   저는 유지태예요.

代換練習 2

將下方句子中的「영국 사람（英國人）」，替換成其他單字，一起練習寫寫看吧！

친구는 영국 사람이에요 ?
（朋友是英國人嗎？）

1. **일본 사람**（日本人）

   친구는 일본 사람이에요 ?

2. **미국 사람**（美國人）

   친구는 미국 사람이에요 ?

3. **중국 사람**（中國人）

   친구는 중국 사람이에요 ?

4. **호주 사람**（澳洲人）

   친구는 호주 사람이에요 ?

5. **캐나다 사람**（加拿大人）

   친구는 캐나다 사람이에요 ?

6. **프랑스 사람**（法國人）

   친구는 프랑스 사람이에요 ?

PART 3 超實用句型

超實用句型（～不是～）
學習目標：名詞은/는 名詞이/가 아니에요
運用單字：家人、職業

MP3 068

(名詞)(助詞)　(名詞)(助詞)　　　(아니다)
저는　학생이　아니에요.
我（謙稱）　學生　　　　　不是

中文翻譯：我不是學生。

▶ 「은/는」是助詞，讓前面的名詞成為句子中的主題。有尾聲（底下有字）時使用「은」，無尾聲（底下沒字）時則使用「는」。

▶ 「이/가 아니에요」是慣用用法，從「이/가 아니다」變化而來，是「不是～」的意思。有尾聲（底下有字）時使用「이」，無尾聲時則使用「가」。另外，陳述句時標點符號是「.」，疑問句時標點符號則是「?」。

✓ 換個單字說說看　MP3 069

1. 오빠는 의사가 아니에요.
　　哥哥（女生稱呼）醫生　　　不是

　　（哥哥不是醫生。）

單字 Check
▶ 오빠（女生稱呼的哥哥）
▶ 의사（醫生）

2. 형은 선생님이 아니에요?
　　哥哥（男生稱呼）老師　　　不是

　　（哥哥不是老師嗎？）

單字 Check
▶ 형（男生稱呼的哥哥）
▶ 선생님（老師）

● 換個單字寫寫看　MP3 070

1. 저는 회사원이 아니에요.
（我不是上班族。）

> 저는 회사원이 아니에요.

單字 Check
► 회사원（上班族）

2. 누나는 사장이 아니에요.
（姊姊不是老闆。）

> 누나는 사장이 아니에요.

單字 Check
► 누나（男生稱呼的姊姊）
► 사장（老闆）

3. 언니는 간호사가 아니에요?
（姊姊不是護理師嗎？）

> 언니는 간호사가 아니에요?

單字 Check
► 언니（女生稱呼的姊姊）
► 간호사（護理師）

4. 동생은 공무원이 아니에요?
（弟弟/妹妹不是公務員嗎？）

> 동생은 공무원이 아니에요?

單字 Check
► 동생（弟弟/妹妹）
► 공무원（公務員）

PART 3
超實用句型

✓ 代換練習 1 MP3 071

將下方句子中的「의사（醫生）」，替換成其他單字，一起練習寫寫看吧！

저는 의사가 아니에요.
（我不是醫生。）

1. **교수**（教授）

   저는 교수가 아니에요.

2. **경찰**（警察）

   저는 경찰이 아니에요.

3. **군인**（軍人）

   저는 군인이 아니에요.

4. **요리사**（廚師）

   저는 요리사가 아니에요.

5. **가수**（歌手）

   저는 가수가 아니에요.

6. **영화배우**（電影演員）

   저는 영화배우가 아니에요.

✓ 代換練習 2　MP3 072

將下方句子中的「누나（姊姊）」，替換成其他單字，一起練習寫寫看吧！

누나는 회사원이 아니에요？
（姊姊不是上班族嗎？）

1. **어머니**（媽媽）

   어머니는 회사원이 아니에요？

2. **아버지**（爸爸）

   아버지는 회사원이 아니에요？

3. **할머니**（奶奶）

   할머니는 회사원이 아니에요？

4. **할아버지**（爺爺）

   할아버지는 회사원이 아니에요？

5. **삼촌**（叔叔、舅舅）

   삼촌은 회사원이 아니에요？

6. **고모**（姑姑）

   고모는 회사원이 아니에요？

PART 3　超實用句型

PART 3 超實用句型

超實用句型（這 / 那 / 那）

學習目標：이（이거, 여기）/ 그（그거, 거기）/ 저（저거. 저기）

運用單字：日常用品、所屬人事物

이（이거, 여기）/ 그（그거, 거기）/ 저（저거, 저기）

這　這個東西　這裡　　　那　那個東西　那裡　　　那　那個東西　那裡

中文翻譯：這（這個東西，這裡）/ 那（那個東西，那裡）/ 那（那個東西，那裡）

▶ 「이 / 이거 / 여기」是「這」的概念，距離話者較近；「그 / 그거 / 거기」是「對方那」的概念，距離聽者較近；「저 / 저거 / 저기」也是「那」的概念，但距離話者、聽者都遠。

▶ 「이 / 그 / 저」後方常另外加上名詞，是「這個～ / 那個～ / 那個～」的意思。「이거 / 그거 / 저거」用來指稱某物品，「여기 / 거기 / 저기」則用來指某地方。

✓ 換個單字說說看

1. 이 사람은 천재예요.

　　這個　人　　　天才　是

（這個人是天才。）

單字 Check
▶ 사람（人）
▶ 천재（天才）

2. 그거는 공짜예요?

　　那個東西　　免費　是

（那個東西是免費的嗎？）

單字 Check
▶ 공짜（免費）

✓ 換個單字寫寫看　MP3 075

1. **저** 여자는 유나가 아니에요？
（那個女生不是宥娜嗎？）

저 여자는 유나가 아니에요？

單字 Check
► 여자（女生）

2. **이거**는 한국어 교과서예요．
（這個東西是韓語課本。）

이거는 한국어 교과서예요．

單字 Check
► 한국어（韓語）
► 교과서（課本）

3. **여기**는 우리 집이에요．
（這裡是我們家。）

여기는 우리 집이에요．

單字 Check
► 우리（我們）
► 집（家）

4. **거기**는 어디예요？
（那裡是哪裡啊？）

거기는 어디예요？

單字 Check
► 어디（哪裡）

PART 3
超實用句型

✓ 代換練習 1　MP3 076

將下方句子中的「제 볼펜（我的原子筆）」，替換成其他單字，一起練習寫寫看吧！

이거는 제 볼펜이에요.
（這個東西是我的原子筆。）

1. **제 컴퓨터**（我的電腦）

   이거는 제 컴퓨터예요.

2. **제 핸드폰**（我的手機）

   이거는 제 핸드폰이에요.

3. **친구의 이어폰**（朋友的耳機）

   이거는 친구의 이어폰이에요.

4. **엄마의 보조 배터리**（媽媽的行動電源）

   이거는 엄마의 보조 배터리예요.

5. **핸드폰의 충전 케이블**（手機的充電線）

   이거는 핸드폰의 충전 케이블이에요.

6. **우리 나라의 여권**（我們國家的護照）

   이거는 우리나라의 여권이에요.

✓ 代換練習 2　MP3 077

將下方句子中的「저 가방（那個包包）」，替換成其他單字，一起練習寫寫看吧！

저 가방 은 제 거예요.
（那個包包是我的東西。）

1. **이 약**（這個藥）
   이 약은 제 거예요.

2. **이 카메라**（這臺相機）
   이 카메라는 제 거예요.

3. **그 책**（那本書）
   그 책은 제 거예요.

4. **그 옷**（那件衣服）
   그 옷은 제 거예요.

5. **저 수건**（那條毛巾）
   저 수건은 제 거예요.

6. **저 자동차**（那輛車子）
   저 자동차는 제 거예요.

PART 3 超實用句型

超實用句型（有 / 沒有～）
學習目標：名詞이 / 가 있어요 / 없어요

運用單字：商店物品

MP3 078

[名詞] [助詞] [있다 / 없다]

바나나 우유가 있어요.
　香蕉　　牛奶　　有

中文翻譯：有香蕉牛奶。

▶ 「이/가」是助詞，讓前面的名詞成為句子中的主語。有尾聲（底下有字）時使用「이」，無尾聲時（底下沒字）則使用「가」。

▶ 「있다」、「없다」其實分別各有「在/有」、「不在/沒有」的意思，但在和助詞「이/가」結合之後，「이/가 있어요」是「有～」的意思，而「이/가 없어요」則是「沒有～」的意思。另外，陳述句時標點符號是「.」，疑問句時標點符號則是「?」。

✓ 換個單字說說看　MP3 079

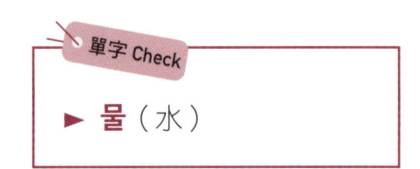

1. 물이 있어요.
　　水　　有

（有水。）

單字 Check
▶ 물（水）

2. 커피가 없어요?
　　咖啡　　沒有

（沒有咖啡嗎？）

單字 Check
▶ 커피（咖啡）

✓ 換個單字寫寫看 MP3 080

1. 오렌지 주스가 있어요.
（有柳橙汁。）

오렌지 주스가 있어요.

單字 Check
- ▶ 오렌지（柳橙）
- ▶ 주스（果汁）

2. 이 과자가 없어요.
（沒有這個餅乾。）

이 과자가 없어요.

單字 Check
- ▶ 이（這個）
- ▶ 과자（餅乾）

3. 참기름이 있어요?
（有芝麻油嗎？）

참기름이 있어요?

單字 Check
- ▶ 참기름（芝麻油）

4. 칫솔이 없어요?
（沒有牙刷嗎？）

칫솔이 없어요?

單字 Check
- ▶ 칫솔（牙刷）

PART 3
超實用句型

✓ 代換練習 1 MP3 081

將下方句子中的「고춧가루（辣椒粉）」，替換成其他單字，一起練習寫寫看吧！

여기에 고춧가루 가 없어요 .
（這裡沒有辣椒粉。）

1. **이 빵**（這個麵包）

   여기에 이 빵이 없어요 .

2. **딸기 맛 젤리**（草莓口味軟糖）

   여기에 딸기 맛 젤리가 없어요 .

3. **삼각김밥**（三角飯糰）

   여기에 삼각김밥이 없어요 .

4. **교통카드**（交通儲值卡）

   여기에 교통카드가 없어요 .

5. **손톱깎이**（指甲剪）

   여기에 손톱깎이가 없어요 .

6. **그 라면**（那個泡麵）

   여기에 그 라면이 없어요 .

✓ 代換練習 2　MP3 082

將下方句子中的「이 화장품（這個化妝品）」，替換成其他單字，一起練習寫寫看吧！

혹시 이 화장품이 없어요？
（請問沒有這個化妝品嗎？）

1. **립밤**（護唇膏）

   혹시 립밤이 없어요？

2. **마스크팩**（面膜）

   혹시 마스크팩이 없어요？

3. **로션**（乳液）

   혹시 로션이 없어요？

4. **이 치약**（這個牙膏）

   혹시 이 치약이 없어요？

5. **봉투**（袋子）

   혹시 봉투가 없어요？

6. **영수증**（收據）

   혹시 영수증이 없어요？

PART 3 超實用句型

超實用句型（在/不在～）
學習目標：名詞에 있어요 / 없어요
運用單字：韓國景點、地名

> MP3 083
>
> [名詞] [助詞] [있다/없다]
>
> **대한민국에 있어요.**
> 　大韓民國　　　　在
>
> 中文翻譯：在大韓民國。

▶ 「에」是助詞，讓前面的名詞成為句子中狀態對應到的地點。

▶ 「있다」、「없다」其實分別各有「在/有」、「不在/沒有」的意思，但在和助詞「에」結合之後，「에 있어요」是「在～」的意思，而「에 없어요」則是「不在～」的意思。另外，陳述句時標點符號是「.」，疑問句時標點符號則是「?」。

✓ 換個單字說說看　MP3 084

1. 서울에 없어요.
　　首爾　　不在

（不在首爾。）

單字 Check
▶ 서울（首爾）

2. 부산에 있어요?
　　釜山　　在

（在釜山嗎？）

單字 Check
▶ 부산（釜山）

70

✓ 換個單字寫寫看 MP3 085

1. 고려대학교에 있어요.
（在高麗大學。）

고려대학교에 있어요.

單字 Check
▶ 고려（高麗）
▶ 대학교（大學）

2. 지하철역 근처에 없어요.
（不在地下鐵站附近。）

지하철역 근처에 없어요.

單字 Check
▶ 지하철역（地下鐵站）
▶ 근처（附近）

3. 서울숲에 있어요？
（在首爾林嗎？）

서울숲에 있어요？

單字 Check
▶ 서울숲（首爾林）

4. 경복궁역에 없어요？
（不在景福宮站嗎？）

경복궁역에 없어요？

單字 Check
▶ 경복궁（景福宮）
▶ 역（車站）

PART 3
超實用句型（在/不在～）

✓ 代換練習 1　MP3 086

將下方句子中的「이대（梨花女大）」，替換成其他單字，一起練習寫寫看吧！

이대는 이 근처에 있어요.
（梨花女大在這附近。）

1. **신촌**（新村）

   신촌은 이 근처에 있어요.

2. **잠실**（蠶室）

   잠실은 이 근처에 있어요.

3. **명동**（明洞）

   명동은 이 근처에 있어요.

4. **여의도**（汝怡島）

   여의도는 이 근처에 있어요.

5. **광화문**（光化門）

   광화문은 이 근처에 있어요.

6. **이태원**（梨泰院）

   이태원은 이 근처에 있어요.

代換練習 2 　MP3 087

將下方句子中的「신당역（新堂站）」，替換成其他單字，一起練習寫寫看吧！

신당역에 없어요？
（不在新堂站嗎？）

1. **시청역**（市廳站）
   시청역에 없어요？

2. **홍대입구역**（弘大入口站）
   홍대입구역에 없어요？

3. **강남역**（江南站）
   강남역에 없어요？

4. **종로 3 가역**（鍾路三街站）
   종로 3 가역에 없어요？

5. **압구정역**（狎鷗亭站）
   압구정역에 없어요？

6. **혜화역**（惠化站）
   혜화역에 없어요？

PART 3 超實用句型

超實用句型（請給我～）

學習目標：名詞을 / 를 주세요

運用單字：食物、飲品

MP3 088

名詞　助詞　　주다

김밥을 주세요.

海苔飯卷　　請給

中文翻譯：請給我海苔飯卷。

- 「을 / 를」是助詞，讓前面的名詞成為句子中的受語（類似英語中的受詞），也就是受到動作影響的對象。有尾聲（底下有字）時使用「을」，無尾聲（底下沒字）時則使用「를」。

- 「주세요」是由「주다」變化而來，為「請給～」的意思，這裡是當作有禮貌的「命令句」使用。

✓ 換個單字說說看　MP3 089

1. 김치를 주세요.
　　泡菜　　　請給

（請給我泡菜。）

單字 Check
▶ 김치（韓式泡菜）

2. 라면을 주세요.
　　泡麵　　　請給

（請給我泡麵。）

單字 Check
▶ 라면（泡麵）

74

✓ 換個單字寫寫看　MP3 090

1. 자장면을 주세요.
（請給我炸醬麵。）

자장면을 주세요.

單字 Check
▶ 자장면（炸醬麵）

2. 아메리카노를 주세요.
（請給我美式咖啡。）

아메리카노를 주세요.

單字 Check
▶ 아메리카노（美式咖啡）

3. 유자차를 주세요.
（請給我柚子茶。）

유자차를 주세요.

單字 Check
▶ 유자차（柚子茶）

4. 맥주 그리고 치킨을 주세요.
（請給我啤酒還有炸雞。）

맥주 그리고 치킨을 주세요.

單字 Check
▶ 맥주（啤酒）
▶ 그리고（還有）
▶ 치킨（炸雞）

PART 3　超實用句型

PART 3
超實用句型

✓ 代換練習 1　MP3 091

將下方句子中的「된장찌개（大醬鍋）」，替換成其他單字，一起練習寫寫看吧！

된장찌개를 주세요.
（請給我大醬鍋。）

1. **김치찌개**（泡菜鍋）

   김치찌개를 주세요.

2. **비빔밥**（韓式拌飯）

   비빔밥을 주세요.

3. **떡볶이**（辣炒年糕）

   떡볶이를 주세요.

4. **순댓국밥**（豬血腸湯飯）

   순댓국밥을 주세요.

5. **수저**（湯匙筷子）

   수저를 주세요.

6. **물티슈**（濕紙巾）

   물티슈를 주세요.

✓ 代換練習 2　MP3 092

將下方句子中的「아이스커피（冰咖啡）」，替換成其他單字，一起練習寫寫看吧！

케이크 그리고 아이스커피를 주세요.
（請給我蛋糕還有冰咖啡。）

1. 라떼（拿鐵咖啡）
   케이크 그리고 라떼를 주세요.

2. 레몬에이드（檸檬汽水）
   케이크 그리고 레몬에이드를 주세요.

3. 카푸치노（卡布奇諾咖啡）
   케이크 그리고 카푸치노를 주세요.

4. 생강차（生薑茶）
   케이크 그리고 생강차를 주세요.

5. 차가운 우유（冰涼的牛奶）
   케이크 그리고 차가운 우유를 주세요.

6. 따뜻한 물（溫熱的水）
   케이크 그리고 따뜻한 물을 주세요.

PART 3 超實用句型

超實用句型（去～ / 從～來）

學習目標：名詞에 가요 / 名詞에서 왔어요
運用單字：場所、臺灣地名

MP3 093

[名詞] [助詞] [가다]　　　　[名詞] [助詞] [오다]

한국에 가요. / 대만에서 왔어요.
　　韓國　　去　　　　　　臺灣　　　　來了

中文翻譯：要去韓國。/ 來自臺灣。

▶ 「에」是助詞，讓前面的名詞成為行動的目的地，搭配有「去」意思的「가다」成為「에 가요」，是「要去～」的意思。「에서」也是助詞，讓前面的名詞成為行動的出發點，搭配有「來」意思的「오다」成為「에서 왔어요」，是「來自～了」的意思。

▶ 需要注意韓語在說自己來自何處（所屬國家、地區等）時，會利用過去時制呈現，所以句型「에서 왔어요」中已經包含了「過去時制」。另外，陳述句時標點符號是「.」，疑問句時標點符號則是「?」。

✓ 換個單字說說看　MP3 094

1. 매일 회사에 가요.
　　每日　公司　　去

（每天去公司。）

單字 Check
▶ 매일（每天）
▶ 회사（公司）

2. 타이완에서 왔어요?
　　臺灣　　　來了

（從臺灣來的嗎？）

單字 Check
▶ 타이완（Taiwan 臺灣）
▶ 대만（臺灣）

◉ 換個單字寫寫看 MP3 095

1. 지금 대학교에 가요.
（現在要去大學。）

지금 대학교에 가요.

單字 Check
- ▶ 지금（現在）
- ▶ 대학교（大學）

2. 저는 타이베이에서 왔어요.
（我來自臺北。）

저는 타이베이에서 왔어요.

單字 Check
- ▶ 저（我）
- ▶ 타이베이（臺北）

3. 카페에 가요?
（要去咖啡店嗎？）

카페에 가요?

單字 Check
- ▶ 카페（咖啡店）

4. 대구에서 왔어요?
（從大邱來的嗎？）

대구에서 왔어요?

單字 Check
- ▶ 대구（大邱）

PART 3 超實用句型

✓ 代換練習 1 MP3 096

將下方句子中的「백화점（百貨公司）」，替換成其他單字，一起練習寫寫看吧！

오늘 백화점에 가요？
（今天要去百貨公司嗎？）

1. **시장**（市場）

   오늘 시장에 가요？

2. **놀이공원**（遊樂園）

   오늘 놀이공원에 가요？

3. **식당**（餐廳）

   오늘 식당에 가요？

4. **찜질방**（汗蒸幕）

   오늘 찜질방에 가요？

5. **공항**（機場）

   오늘 공항에 가요？

6. **집**（家）

   오늘 집에 가요？

✓ 代換練習 2　MP3 097

將下方句子中的「타이베이（臺北）」，替換成其他單字，一起練習寫寫看吧！

저는 타이베이에서 왔어요.
（我來自臺北。）

1. **가오슝**（高雄）

   저는 가오슝에서 왔어요.

2. **타이중**（臺中）

   저는 타이중에서 왔어요.

3. **타오위안**（桃園）

   저는 타오위안에서 왔어요.

4. **신주**（新竹）

   저는 신주에서 왔어요.

5. **타이난**（臺南）

   저는 타이난에서 왔어요.

6. **화롄**（花蓮）

   저는 화롄에서 왔어요.

PART 3 超實用句型

超實用句型（小複習）

讓我們一起做個小複習吧！
下面的句子都運用了在這一章節學過的句型，忘記的話要趕緊翻到前面，再確認一次喔！

MP3 098

1. 저는 대만 사람이에요.
（我是臺灣人。）

> 使用句型：名詞은 / 는 名詞이에요 / 예요
> （～是～）

2. 저는 회사원이 아니에요.
（我不是上班族。）

> 使用句型：名詞은 / 는 名詞이 / 가 아니에요
> （～不是～）

3. 거기는 어디예요？
（那裡是哪裡呢？）

> 使用句型：그（그거, 거기）
> （那、那個東西、那裡）

4. 물이 있어요？
（有水嗎？）

> 使用句型：名詞이 / 가 있어요
> （有～）

5. 교통카드가 없어요.
（沒有交通儲值卡。）

> 使用句型：名詞이 / 가 없어요
> （沒有～）

6. 저는 명동에 있어요.

（我在明洞。）

> 使用句型：名詞에 있어요
> 　　　　（在～）

7. 이 근처에 없어요?

（不在這附近嗎？）

> 使用句型：名詞에 없어요
> 　　　　（不在～）

8. 아메리카노를 주세요.

（請給我美式咖啡。）

> 使用句型：名詞을/를 주세요
> 　　　　（請給我～）

9. 오늘 부산에 가요.

（今天要去釜山。）

> 使用句型：名詞에 가요
> 　　　　（去～）

10. 저는 타이완에서 왔어요.

（我來自臺灣。）

> 使用句型：名詞에서 왔어요
> 　　　　（從～來）

memo

PART 4
超實用文法

學習目標	運用單字
終結語尾 - 아요	語幹最後一字母音為ㅏ、ㅗ的常用單字
終結語尾 - 어요	語幹最後一字母音不為ㅏ、ㅗ的常用單字
終結語尾해요	語幹最後一字為하的常用單字
名詞을/를 動詞	常用動詞
名詞에서 動詞	場所名詞、常用動詞
名詞에 動詞	時間名詞、常用動詞
名詞이/가 形容詞	常用形容詞
過去時制語尾 - 았어요/었어요/했어요	日常用單字

　　學習基礎文法時,最怕文法說明被輕輕帶過,只能靠死背無法活用!

　　在本單元,特別將文法的結合及變化過程完整列出,學習文法後,透過邊聽邊寫,進一步了解自己懂了多少,之後使用時不再重蹈覆轍,融會貫通後必能舉一反三!

PART 4 超實用文法

超實用文法（-아요語尾）

學習目標：終結語尾 - 아요

運用單字：語幹最後一字母音為ㅏ、ㅗ的常用單字

MP3 100

動詞語幹　終結語尾　　形容詞語幹　終結語尾

놀아요． / 달아요？
玩　　　　　　甜

中文翻譯：玩。/ 甜嗎？

▶ 韓語中的動詞、形容詞，在字典上都是以「다」結尾，它們不可以直接使用，而是要搭配「語尾」才能使用。而在句尾時的語尾則叫做「終結語尾」，有著將字典單字轉變成句子的功用。

▶ 「다」前面的字稱作「語幹」，語幹的最後一字，也就是「다」前一個字的母音若是「ㅏ、ㅗ」，就要把動詞、形容詞的「다」去掉後加上「-아요」。

▶ 需要特別注意，「-아요」可以用來表示現在、未來的時間。另外，若語幹的最後一字無尾聲（底下沒字），再加上「-아요」後則可能出現母音省略、母音合併的情形。

✓ 舉個例子試試看　MP3 101

1. 오다 → 오아요． → 와요．
　　　　　將다去掉加上 - 아요　　母音合併

將字典的單字轉換成句子。因為「오」的母音是「ㅏ、ㅗ」其中之一，因此會去掉「다」加上「-아요」。這時又因為韓語中有「ㅘ」這個母音，所以「오+아」又可以合併成「와」。

2. 만나다 → 만나아요？ → 만나요？
　　　　　　將다去掉加上 - 아요　　　母音省略

將字典的單字轉換成句子。因為「나」的母音是「ㅏ、ㅗ」其中之一，因此會去掉「다」加上「-아요」。這時又因為「나」無尾聲，和「아」重複了母音，所以省略了一個母音「ㅏ」。

換個單字寫寫看 📱MP3 102

1. 가다 ➡ 가아요. ➡ 가요.
（去。）

| 가요. |

單字 Check
- ► 오다（來）
- ► 만나다（見面）
- ► 가다（去）

2. 알다 ➡ 알아요?
（知道嗎？）

| 알아요? |

單字 Check
- ► 알다（知道）

3. 높다 ➡ 높아요.
（高。）

| 높아요. |

單字 Check
- ► 높다（高）

4. 비싸다 ➡ 비싸아요? ➡ 비싸요?
（貴嗎？）

| 비싸요? |

單字 Check
- ► 비싸다（貴）

PART 4
超實用文法

✓ 代換練習 1　MP3 103

將下方句子中的「받다（收到）」，替換成其他單字，一起練習寫寫看吧！

언제 받아요?
（何時收到呢？）

1. **놀다**（玩）

   언제 놀아요?

2. **내려가다**（下去）

   언제 내려가요?

3. **보다**（看）

   언제 봐요?

4. **일어나다**（起床）

   언제 일어나요?

5. **볶다**（炒）

   언제 볶아요?

6. **앉다**（坐）

   언제 앉아요?

代換練習 2 　MP3 104

將下方句子中的「얇다（薄）」，替換成其他單字，一起練習寫寫看吧！

아주 얇아요.
（非常薄。）

1. **짜다**（鹹）

   아주 짜요.

2. **똑같다**（完全一樣）

   아주 똑같아요.

3. **달다**（甜）

   아주 달아요.

4. **많다**（多）

   아주 많아요.

5. **싸다**（便宜）

   아주 싸요.

6. **작다**（小）

   아주 작아요.

PART 4 超實用文法

超實用文法（-어요語尾）

學習目標：終結語尾 - 어요

運用單字：語幹最後一字母音不為ㅏ、ㅗ的常用單字

動詞語幹　終結語尾　　形容詞語幹　終結語尾

먹어요. / 길어요?

吃　　　　　　　長

中文翻譯：吃。/ 長嗎？

▶ 韓語中的動詞、形容詞，在字典上都是以「다」結尾，它們不可以直接使用，而是要搭配「語尾」才能使用。而在句尾時的語尾則叫做「終結語尾」，有著將字典單字轉變成句子的功用。

▶ 「다」前面的字稱作「語幹」，語幹的最後一字，也就是「다」前一個字的母音若不是「ㅏ、ㅗ」，就要把動詞、形容詞的「다」去掉後加上「-어요」。

▶ 需要特別注意，「-어요」可以用來表示現在、未來的時間。另外，若語幹的最後一字無尾聲（底下沒字），再加上「-어요」後則可能出現母音省略、母音合併的情形。

✓ 舉個例子試試看

1. 배우다 ➔ 배우어요. ➔ 배워요.

　　　　　　　將다去掉加上 - 어요　　　母音合併

將字典的單字轉換成句子。因為「우」的母音不是「ㅏ、ㅗ」其中之一，因此會去掉「다」加上「-어요」。這時又因為韓語中有「ㅝ」這個母音，所以「우+어」又可以合併成「워」。

2. 서다 ➔ 서어요? ➔ 서요?

　　　　　　將다去掉加上 - 어요　　母音省略

將字典的單字轉換成句子。因為「서」的母音不是「ㅏ、ㅗ」其中之一，因此會去掉「다」加上「-어요」。這時又因為「서」無尾聲，和「어」重複了母音，所以省略了一個母音「ㅓ」。

換個單字寫寫看 MP3 107

1. 마시다 ➜ 마시어요. ➜ 마셔요.
（喝。）

마셔요.

單字 Check
▶ 배우다（學習）
▶ 서다（站）
▶ 마시다（喝）

2. 맛있다 ➜ 맛있어요?
（好吃嗎？）

맛있어요?

單字 Check
▶ 맛있다（好吃）

3. 멀다 ➜ 멀어요.
（遠。）

멀어요.

單字 Check
▶ 멀다（遠）

4. 느리다 ➜ 느리어요? ➜ 느려요?
（慢嗎？）

느려요?

單字 Check
▶ 느리다（慢）

PART 4
超實用文法

✓ 代換練習 1 [MP3 108]

將下方句子中的「뛰다（奔跑）」，替換成其他單字，一起練習寫寫看吧！

안 뛰어요?
（不跑嗎？）

1. **주다**（給）

   안 줘요?

2. **시키다**（點餐）

   안 시켜요?

3. **보내다**（寄送）

   안 보내요?

4. **바꾸다**（換）

   안 바꿔요?

5. **만들다**（製作）

   안 만들어요?

6. **되다**（可以）

   안 돼요?

92

代換練習 2　MP3 109

將下方句子中的「맛없다（難吃）」，替換成其他單字，一起練習寫寫看吧！

너무 맛없어요.
（太難吃。）

1. **시다**（酸）

   너무 셔요.

2. **넓다**（寬）

   너무 넓어요.

3. **늦다**（遲）

   너무 늦어요.

4. **멋있다**（酷）

   너무 멋있어요.

5. **싫다**（討厭）

   너무 싫어요.

6. **적다**（少）

   너무 적어요.

PART 4 超實用文法

超實用文法（해요語尾）

學習目標：終結語尾해요

運用單字：語幹最後一字為하的常用單字

MP3 110

動詞語幹　終結語尾　　　形容詞語幹　終結語尾

공부해요. / 조용해요?

　　讀書　　　　　　　　　安靜

中文翻譯：讀書。/ 安靜嗎？

▶ 韓語中的動詞、形容詞，在字典上都是以「다」結尾，它們不可以直接使用，而是要搭配「語尾」才能使用。而在句尾時的語尾則叫做「終結語尾」，有著將字典單字轉變成句子的功用。

▶ 「다」前面的字稱作「語幹」，語幹的最後一字，也就是「다」前一個字若是「하」，就要把動詞、形容詞的「하다」替換成「해요」。

▶ 需要特別注意，「해요」可以用來表示現在、未來的時間。

✓ 舉個例子試試看　MP3 111

單字 Check
▶ 전화하다（打電話）
▶ 간단하다（簡單、簡要）

1. 전화하다 ➔ 전화해요.
　　　　　　　將하다換成해요

將字典的單字轉換成句子。因為單字是以「하다」結尾，因此會去掉「하다」，將它換成「해요」。

2. 간단하다 ➔ 간단해요?
　　　　　　　將하다換成해요

將字典的單字轉換成句子。因為單字是以「하다」結尾，因此會去掉「하다」，將它換成「해요」。

✓ 換個單字寫寫看 MP3 112

1. 환승하다 ➜ 환승해요.
（轉乘。）

환승해요.

> **單字 Check**
> ▶ 환승하다（轉乘）

2. 쇼핑하다 ➜ 쇼핑해요?
（購物嗎？）

쇼핑해요?

> **單字 Check**
> ▶ 쇼핑하다（購物）

3. 조용하다 ➜ 조용해요.
（安靜。）

조용해요.

> **單字 Check**
> ▶ 조용하다（安靜）

4. 중요하다 ➜ 중요해요?
（重要嗎？）

중요해요?

> **單字 Check**
> ▶ 중요하다（重要）

PART 4 超實用文法

PART 4
超實用文法

✓ 代換練習 1 MP3 113

將下方句子中的「연습하다（練習）」，替換成其他單字，一起練習寫寫看吧！

빨리 연습해요.
（快點練習！）

1. **운동하다**（運動）

   빨리 운동해요.

2. **샤워하다**（沖澡）

   빨리 샤워해요.

3. **질문하다**（問問題）

   빨리 질문해요.

4. **출발하다**（出發）

   빨리 출발해요.

5. **청소하다**（打掃）

   빨리 청소해요.

6. **주문하다**（點餐、訂購）

   빨리 주문해요.

● 代換練習 2 MP3 114

將下方句子中的「급하다（緊急）」，替換成其他單字，一起練習寫寫看吧！

조금 급해요.
（有點緊急。）

1. **위험하다**（危險）

   조금 위험해요.

2. **이상하다**（奇怪）

   조금 이상해요.

3. **피곤하다**（疲憊）

   조금 피곤해요.

4. **심하다**（嚴重）

   조금 심해요.

5. **미안하다**（抱歉）

   조금 미안해요.

6. **유명하다**（有名）

   조금 유명해요.

PART 4
超實用文法

超實用文法（做～）
學習目標：名詞을/를 動詞

運用單字：常用動詞

名詞　助詞　動詞語幹　終結語尾

밥을　먹어요.
飯　　　吃

中文翻譯：吃飯。

▶ 「을/를」是助詞，讓前面的名詞成為句子中的受語（類似英語中的受詞）。有尾聲（底下有字）時使用「을」，無尾聲（底下沒字）時則使用「를」。

▶ 韓語中若要表達「做～」，會是「名詞을/를 動詞」的順序。這時名詞搭配著助詞「을/를」添加在前方，動詞則要搭配先前學習過的「－아요/어요/해요語尾」添加在句尾。

✓ 換個單字說說看

1. 기차표를 사요.
　　　火車票　　買

（買火車票。）

單字 Check
▶ 기차표（火車票）
▶ 사다（買）

2. 여권을 보여 줘요?
　　　護照　　　給～看

（給你看護照嗎？）

單字 Check
▶ 여권（護照）
▶ 보여 주다（給～看）

✓ 換個單字寫寫看 MP3 117

1. 냉면을 먹어요.
（吃韓式冷麵。）

> 냉면을 먹어요.

單字 Check
► 냉면（韓式冷麵）
► 먹다（吃）

2. 택시를 타요.
（搭計程車。）

> 택시를 타요.

單字 Check
► 택시（計程車）
► 타다（搭乘）

3. 계산을 해요?
（結帳嗎？）

> 계산을 해요?

單字 Check
► 계산（結帳）
► 하다（做）

4. 식당을 예약해요?
（預約餐廳嗎？）

> 식당을 예약해요?

單字 Check
► 식당（餐廳）
► 예약하다（預約）

PART 4
超實用文法

✅ 代換練習 1　[MP3 118]

將下方句子中的「티셔츠（T-shirt）」，替換成其他單字，一起練習寫寫看吧！

저는 이 티셔츠를 입어요.
（我要穿這件 T-shirt。）

1. **바지**（褲子）

   저는 이 바지를 입어요.

2. **가디건**（開襟毛衣）

   저는 이 가디건을 입어요.

3. **셔츠**（襯衫）

   저는 이 셔츠를 입어요.

4. **재킷**（夾克）

   저는 이 재킷을 입어요.

5. **코트**（大衣）

   저는 이 코트를 입어요.

6. **조끼**（背心）

   저는 이 조끼를 입어요.

◎ 代換練習 2　MP3 119

將下方句子中的「보다（看）」，替換成其他單字，一起練習寫寫看吧！

친구는 핸드폰을 봐요.
（朋友看手機。）

1. **사다**（買）

   친구는 핸드폰을 사요.

2. **팔다**（賣）

   친구는 핸드폰을 팔아요.

3. **빌리다**（借來）

   친구는 핸드폰을 빌려요.

4. **고치다**（修理）

   친구는 핸드폰을 고쳐요.

5. **환불하다**（退貨）

   친구는 핸드폰을 환불해요.

6. **교환하다**（換貨）

   친구는 핸드폰을 교환해요.

PART 4 超實用文法

超實用文法（在～做～）

學習目標：名詞에서 動詞

運用單字：場所名詞、常用動詞

MP3 120

[名詞] [助詞]　　[動詞語幹][終結語尾]

도서관에서　공부해요.

　圖書館　　　　　　讀書

中文翻譯：在圖書館讀書。

▶ 「에서」是助詞，讓前面的名詞成為句子中動作進行的場所。

▶ 韓語中若要表達「在～做～」，會是「名詞에서 動詞」的順序。這時名詞搭配著助詞「에서」添加在前方，動詞則要搭配先前學習過的「－아요/어요/해요語尾」添加在句尾。

▶ 需要特別注意，若是動作是由「名詞＋動詞」組成的話，則名詞後方需要搭配先前學習過的助詞「을/를」使用。

✓ 換個單字說說看　MP3 121

1. 호텔에서 자요?
　　　飯店　　　　睡

（在飯店睡覺嗎？）

單字 Check
▶ 호텔（飯店）
▶ 자다（睡）

2. 마트에서 물건을 사요?
　　　大賣場　　　　　買東西

（在大賣場買東西嗎？）

單字 Check
▶ 마트（大賣場）
▶ 물건을 사다（買東西）

◉ 換個單字寫寫看 MP3 122

1. 은행에서 돈을 찾아요.
（在銀行領錢。）

> 은행에서 돈을 찾아요.

單字 Check
- ▶ 은행（銀行）
- ▶ 돈을 찾다（領錢）

2. 우체국에서 소포를 보내요.
（在郵局寄包裹。）

> 우체국에서 소포를 보내요.

單字 Check
- ▶ 우체국（郵局）
- ▶ 소포를 보내다（寄包裹）

3. 인터넷에서 구매해요?
（在網路上購買嗎？）

> 인터넷에서 구매해요?

單字 Check
- ▶ 인터넷（網路）
- ▶ 구매하다（購買）

4. 어디에서 이것을 사요?
（在哪裡買這個東西呢？）

> 어디에서 이것을 사요?

單字 Check
- ▶ 어디（哪裡）
- ▶ 이것을 사다（買這個東西）

PART 4 超實用文法

● 代換練習 1　MP3 123

將下方句子中的「쇼핑하다（購物）」，替換成其他單字，一起練習寫寫看吧！

저는 백화점에서 쇼핑해요．
（我在百貨公司購物。）

1. **친구를 만나다**（見朋友）

    저는 백화점에서 친구를 만나요．

2. **밥을 먹다**（吃飯）

    저는 백화점에서 밥을 먹어요．

3. **가족을 기다리다**（等家人）

    저는 백화점에서 가족을 기다려요．

4. **신발을 사다**（買鞋子）

    저는 백화점에서 신발을 사요．

5. **차를 마시다**（喝茶）

    저는 백화점에서 차를 마셔요．

6. **영화를 보다**（看電影）

    저는 백화점에서 영화를 봐요．

✓ 代換練習 2 [MP3 124]

將下方句子中的「자다（睡）」，替換成其他單字，一起練習寫寫看吧！

어디에서 자요？
（在哪裡睡覺呢？）

1. **환전하다**（換錢）

   어디에서 환전해요？

2. **약을 사다**（買藥）

   어디에서 약을 사요？

3. **갈아입다**（換穿）

   어디에서 갈아입어요？

4. **쿠폰을 받다**（領折價券）

   어디에서 쿠폰을 받아요？

5. **택스리펀을 하다**（退稅）

   어디에서 택스리펀을 해요？

6. **확인하다**（確認）

   어디에서 확인해요？

PART 4 超實用文法

超實用文法（在～時做～）

學習目標：名詞에 動詞

運用單字：時間名詞、常用動詞

MP3 125

[名詞] [助詞] [動詞語幹] [終結語尾]

저녁에   만나요.
　晚上　　　　見面

中文翻譯：在晚上時見面。

▶ 「에」是助詞，讓前面的名詞成為句子中的時間點。

▶ 韓語中若要表達「在～時做～」，會是「名詞에 動詞」的順序。這時名詞搭配著助詞「에」添加在前方，動詞則要搭配先前學習過的「-아요/어요/해요語尾」添加在句尾。而若是動作是由「名詞＋動詞」組成的話，則名詞後方需要搭配先前學習過的助詞「을/를」使用。

▶ 需要特別注意，有些時間名詞，如：지금（現在）、오늘（今天）、내일（明天）、어제（昨天）、언제（何時）等，不會加上「에」。

● 換個單字說說看   MP3 126

1. 주말에 도착해요.
　　週末　　抵達

（在週末抵達。）

單字 Check
▶ 주말（週末）
▶ 도착하다（抵達）

2. 언제 문을 열어요?
　　何時　　開門

（什麼時候開門呢？）

單字 Check
▶ 언제（何時）
▶ 문을 열다（開門）

✓ 換個單字寫寫看 MP3 127

1. 아침에 산책해요.
（在早上散步。）

아침에 산책해요.

單字 Check
- ▶ 아침（早上）
- ▶ 산책하다（散步）

2. 점심에 삼계탕을 먹어요.
（在中午吃蔘雞湯。）

점심에 삼계탕을 먹어요.

單字 Check
- ▶ 점심（中午）
- ▶ 삼계탕을 먹다（吃蔘雞湯）

3. 내일 돌아가요?
（明天回去嗎？）

내일 돌아가요?

單字 Check
- ▶ 내일（明天）
- ▶ 돌아가다（回去）

4. 지금 거짓말을 해요?
（現在在說謊嗎？）

지금 거짓말을 해요?

單字 Check
- ▶ 지금（現在）
- ▶ 거짓말을 하다（說謊）

PART 4 超實用文法

✓ 代換練習 1 MP3 128

將下方句子中的「오후 한 시（下午 1 點）」，替換成其他單字，一起練習寫寫看吧！

이 열차는 오후 한 시 에 출발해요 .
（這個列車在下午一點出發。）

1. **오후 두 시**（下午兩點）

    이 열차는 오후 두 시에 출발해요 .

2. **오후 세 시**（下午三點）

    이 열차는 오후 세 시에 출발해요 .

3. **오후 네 시**（下午四點）

    이 열차는 오후 네 시에 출발해요 .

4. **오후 다섯 시**（下午五點）

    이 열차는 오후 다섯 시에 출발해요 .

5. **오전 여섯 시**（上午六點）

    이 열차는 오전 여섯 시에 출발해요 .

6. **오전 열한 시**（上午十一點）

    이 열차는 오전 열한 시에 출발해요 .

代換練習 2

將下方句子中的「다음 주 일요일（下週星期日）」，替換成其他單字，一起練習寫寫看吧！

다음 주 일요일에 한국에 와요?
（在下週星期日來韓國？）

1. **월요일**（星期一）
   월요일에 한국에 와요?

2. **화요일**（星期二）
   화요일에 한국에 와요?

3. **수요일 아침**（星期三早上）
   수요일 아침에 한국에 와요?

4. **목요일 점심**（星期四中午）
   목요일 점심에 한국에 와요?

5. **금요일 저녁**（星期五晚上）
   금요일 저녁에 한국에 와요?

6. **토요일 새벽**（星期六凌晨）
   토요일 새벽에 한국에 와요?

PART 4 超實用文法

超實用文法（～很～）
學習目標：名詞이 / 가　形容詞

運用單字：常用形容詞

MP3 130

　名詞　　助詞　　形容詞語幹　　終結語尾

날씨가　　좋아요.
　天氣　　　　　好

中文翻譯：天氣好。

▶ 「이/가」是助詞，讓前面的名詞成為句子中的主語。有尾聲（底下有字）時使用「이」，無尾聲（底下沒字）時則使用「가」。

▶ 韓語中若要表達「～很～」，會是「名詞이/가　形容詞」的順序。這時名詞搭配著助詞「이/가」添加在前方，形容詞則要搭配先前學習過的「-아요/어요/해요語尾」添加在句尾。

▶ 需要特別注意，這裡的「很」有時是為了翻譯自然才加上，若真的要表達「很」的意思，可以添加副詞在形容詞前面，如：아주（很）、너무（太）、되게（挺）等。

✓ 換個單字說說看　MP3 131

1. 일이 아주 급해요.
　　事情　　非常　　急

（事情非常急。）

單字 Check
▶ 일（事情）
▶ 급하다（緊急）

2. 포도가 맛있어요?
　　葡萄　　　好吃

（葡萄好吃嗎？）

單字 Check
▶ 포도（葡萄）
▶ 맛있다（好吃）

換個單字寫寫看 MP3 132

1. 나무가 높아요.
（樹木很高。）

나무가 높아요.

單字 Check
► 나무（樹木）
► 높다（高）

2. 길이 되게 멀어요.
（路挺遠的。）

길이 되게 멀어요.

單字 Check
► 길（路）
► 멀다（遠）

3. 색깔이 너무 밝아요?
（顏色太亮嗎？）

색깔이 너무 밝아요?

單字 Check
► 색깔（顏色）
► 밝다（明亮）

4. 먼지가 많아요?
（灰塵很多嗎？）

먼지가 많아요?

單字 Check
► 먼지（灰塵）
► 많다（多）

PART 4 超實用文法

PART 4
超實用文法

● 代換練習 1 MP3 133

將下方句子中的「반찬（小菜）」，替換成其他單字，一起練習寫寫看吧！

이 반찬이 조금 짜요?
（這個小菜有點鹹嗎？）

1. **김치**（韓式泡菜）

   이 김치가 조금 짜요?

2. **깍두기**（辣蘿蔔泡菜）

   이 깍두기가 조금 짜요?

3. **양념**（調味）

   이 양념이 조금 짜요?

4. **국물**（湯）

   이 국물이 조금 짜요?

5. **소스**（醬汁）

   이 소스가 조금 짜요?

6. **맛**（味道）

   이 맛이 조금 짜요?

112

代換練習 2

將下方句子中的「달다（甜）」，替換成其他單字，一起練習寫寫看吧！

이것이 너무 달아요.
（這個東西太甜了。）

1. **길다**（長）

   이것이 너무 길어요.

2. **짧다**（短）

   이것이 너무 짧아요.

3. **좁다**（窄）

   이것이 너무 좁아요.

4. **느리다**（慢）

   이것이 너무 느려요.

5. **비싸다**（貴）

   이것이 너무 비싸요.

6. **불편하다**（不舒服）

   이것이 너무 불편해요.

PART 4 超實用文法

超實用文法（過去時制）
學習目標：過去時制語尾 - 았어요 / 었어요 / 했어요
運用單字：日常用單字

MP3 135

名詞　助詞　語幹　過去時制語尾

선물을　받았어요．
　禮物　　　　收　了

中文翻譯：收到了禮物。

▶ 在韓語中若要描述過去時間，語幹最後一字，也就是「다」前一個字的母音若是「ㅏ、ㅗ」，需要將「다」去掉後加上「- 았어요」。語幹最後一字的母音若不是「ㅏ、ㅗ」，則需要將「다」去掉後加上「- 었어요」。需要特別注意，若語幹的最後一字無尾聲（底下沒字），再加上「- 았어요 / 었어요」後則可能出現母音省略、母音合併的情形。

▶ 至於以「하다」結尾的單字，則是要把「하다」替換成「했어요」。

✓ 舉個例子試試看　MP3 136

1. 오다 ➜ 오았어요． ➜ 왔어요．
　　　將다去掉加上 - 았어요　　　母音合併

將字典的單字轉換成過去時制的句子。因為「오」的母音是「ㅏ、ㅗ」其中之一，因此會去掉「다」加上「- 았어요」。這時又因為韓語中有「ㅘ」這個母音，所以「오＋았」又可以合併成「왔」。

2. 서다 ➜ 서었어요？ ➜ 섰어요？
　　　將다去掉加上 - 었어요　　　母音省略

將字典的單字轉換成過去時制的句子。因為「서」的母音不是「ㅏ、ㅗ」其中之一，因此會去掉「다」加上「- 었어요」。這時又因為「서」無終聲，且和「었」重複了母音，所以省略了一個母音「ㅓ」。

114

換個單字寫寫看 MP3 137

1. 편의점에 있었어요．
((過去) 在便利商店。)

그때 편의점에 있었어요．

單字 Check
- ▶ 편의점（便利商店）
- ▶ 에 있다（在）

2. 태국에서 왔어요．
(從泰國來了。)

태국에서 왔어요．

單字 Check
- ▶ 태국（泰國）
- ▶ 에서 오다（從～來）

3. 지난주에 다녀왔어요？
(上週去一趟回來了？)

지난주에 다녀왔어요？

單字 Check
- ▶ 지난주（上週）
- ▶ 다녀오다（去一趟回來）

4. 비자를 신청했어요？
(申請簽證了嗎？)

비자를 신청했어요？

單字 Check
- ▶ 비자（簽證）
- ▶ 신청하다（申請）

PART 4
超實用文法

✓ 代換練習 1　MP3 138

將下方句子中的「자다（睡覺）」，替換成其他單字，一起練習寫寫看吧！

어제 집에서 잤어요？
（昨天在家裡睡了覺嗎？）

1. **요리하다**（煮飯）

   어제 집에서 요리했어요？

2. **가르치다**（教導）

   어제 집에서 가르쳤어요？

3. **다치다**（受傷）

   어제 집에서 다쳤어요？

4. **씻다**（洗）

   어제 집에서 씻었어요？

5. **찾다**（找）

   어제 집에서 찾았어요？

6. **잡다**（抓住）

   어제 집에서 잡았어요？

◎ 代換練習 2　MP3 139

將下方句子中的「좋다（好）」，替換成其他單字，一起練習寫寫看吧！

그때 참 좋았어요.
（（過去）那時真的很好。）

1. 싫다（討厭）
   그때 참 싫었어요.

2. 어리다（年幼）
   그때 참 어렸어요.

3. 젊다（年輕）
   그때 참 젊었어요.

4. 이상하다（奇怪）
   그때 참 이상했어요.

5. 조용하다（安靜）
   그때 참 조용했어요.

6. 힘들다（難受）
   그때 참 힘들었어요.

PART 4 超實用文法

117

PART 4 超實用文法

超實用文法（小複習）

讓我們一起做個小複習吧！
下面的句子都運用了在這一章節學過的文法，忘記的話要趕緊翻到前面，再確認一次喔！

MP3 140

1. 알아요.
（知道。）

> 使用文法：終結語尾 - 아요
> 　　　　　（將字典的單字轉換成句子）

2. 맛있어요.
（好吃。）

> 使用文法：終結語尾 - 어요
> 　　　　　（將字典的單字轉換成句子）

3. 중요해요?
（重要嗎？）

> 使用文法：終結語尾해요
> 　　　　　（將字典的單字轉換成句子）

4. 라면을 먹어요?
（吃泡麵嗎？）

> 使用文法：名詞을/를 動詞
> 　　　　　（做～）

5. 도서관에서 공부해요.
（在圖書館讀書。）

> 使用文法：名詞에서 動詞
> 　　　　　（在～做～）

6. 주말에 돌아가요.
（在週末時回去。）

> 使用文法：名詞에　動詞
> 　　　　　（在～時做～）

7. 돈이 많아요?
（錢很多嗎？）

> 使用文法：名詞이/가　形容詞
> 　　　　　（～很～）

8. 비자를 받았어요.
（取得簽證了。）

> 使用文法：過去時制語尾 – 았어요/었어요/했어요
> 　　　　　（將字典單字轉換成過去時制句子）

memo

附錄

一、數字相關表現

二、實用對話

三、語意修飾詞彙

　　學習到這，是不是還想了解更多韓語呢？更多的實用韓語都在附錄中！「數字」、「時間」、「日期」等實用單字，「餐廳」、「購物」、「交通」等實用對話，「程度」、「頻率」等常用詞彙都匯集在此，一起來試著活用這些內容吧！

附錄

數字相關表現

1. 漢字語數字

韓語中的數字可分為「漢字語數字」、「純韓語數字」兩大系統。「漢字語數字」和中文發音很類似，通常使用在價格、日期、電話號碼、編號等地方。

韓語在表現「100」、「1000」、「10000」時，會將「1」省略，讀作「百」、「千」、「萬」。而「零」只有作為「號碼」時會出現，讀作「영」或「공」。另外，「十六」不會讀作「십육」，而是讀作「심뉵」。

일	이	삼	사	오	육	칠	팔	구	십	백	천	만
1	2	3	4	5	6	7	8	9	10	100	1000	10000

십일	십이	십삼	십사	십오	십육	십칠	십팔	십구	이십
11	12	13	14	15	16	17	18	19	20

實際運用看看

101 大樓
일공일 빌딩

30100 元
삼만 백 원

4 號出口
사 번 출구

66 號顧客
육십육 번 고객님
[심뉵]

2000 年 5 月 5 號
이천 년 오 월 오 일

地鐵 2 號線
지하철 이 호선

10 分 30 秒
십 분 삼십 초

五花肉 7 人份
삼겹살 칠 인분

2. 純韓語數字

「純韓語數字」則是韓語的既有數字，發音和中文沒有關聯，加上會有一些變化，是剛開始學習時會感到有些困難的數字系統，通常用在數量、次數、時間等地方。

要特別注意的是，當數字「1、2、3、4、20」後方加上其他單位時，會變成「한、두、세、네、스무」，且「20、30」等十倍數的數字，也都是獨立存在的詞彙。

하나	둘	셋	넷	다섯	여섯	일곱	여덟	아홉	열
1	2	3	4	5	6	7	8	9	10

열하나	열둘	열셋	열넷	열다섯	열여섯	열일곱	열여덟	열하홉
11	12	13	14	15	16	17	18	19

열	스물	서른	마흔	쉰	예순	일흔	여든	아흔
10	20	30	40	50	60	70	80	90

實際運用看看

1, 2, 3（拍照時數數）
하나, 둘, 셋

1個 / 2個 / 3個 / 4個
한 개 / 두 개 / 세 개 / 네 개

5個麵包
빵 다섯 개

12點
열두 시

22歲
스물두 살

20歲
스무 살

3. 數量的描述

韓語在描述人或物品數量的順序是「人／物＋數詞＋量詞」，需要特別注意是，位於量詞前面的數字，必須使用「純韓語數字」。

以下是日常生活中，較常使用的量詞。

韓語單位	對應中文	韓語單位	對應中文
개	個	송이	朵／串
잔	杯	대	台
병	瓶	자루	支
장	張	박스	箱
명	位	켤레	雙
분	位（敬語）	벌	件
마리	隻／頭／匹	줄	條
번	次	채	棟
권	本	갑	盒
그릇	碗	세트	套／組

實際運用看看

1 張紙
종이 한 장

2 本書
책 두 권

3 隻雞
닭 세 마리

4 杯咖啡
커피 네 잔

5 位客人
손님 다섯 분

6 次機會
기회 여섯 번

4. 時間的描述

韓語在說明時間時，只有「小時」原則上使用「純韓語數字」，分、秒等都使用「漢字語數字」就可以了。

此外，由於韓語中的星期不像中文是以「數字」，而是以身為「七曜」的「日、月、火、水、木、金、土」表現，因此在問「星期幾」時，必須用「무슨 요일이에요？」（是什麼曜日？）來詢問。

以下是日常生活中，常使用於描述時間的用法。

時間	使用數字系統	時間	使用數字系統
年 / 月 / 日 分 / 分鐘 / 秒 / 秒鐘	漢字語數字	點 / 小時	純韓語數字

MP3 150

1月	2月	3月	4月	5月	6月	7月	8月	9月	10月	11月	12月
일월	이월	삼월	사월	오월	유월	칠월	팔월	구월	시월	십일월	십이월

MP3 151

星期日	星期一	星期二	星期三	星期四	星期五	星期六
일요일 （日曜日）	월요일 （月曜日）	화요일 （火曜日）	수요일 （水曜日）	목요일 （木曜日）	금요일 （金曜日）	토요일 （土曜日）

實際運用看看 MP3 152

1 小時 30 分鐘
한 시간 삼십 분

2025 年 6 月
이천이십오 년 유월

10 點 10 分 10 秒
열 시 십 분 십 초

11 點 30 分 / 半
열한 시 삼십 분 / 반

附錄

實用對話

1. 在餐廳用餐時　MP3 153

(1) 주문할게요 .
　　　我要點餐。

(2) 안 맵게 / 많이 맵게 해 주세요 .
　　　請幫我做成不辣 / 很辣的。

(3) 반찬 / 물 좀 더 주세요 .
　　　請再給我一點小菜 / 水。

(4) 포장 / 테크아웃 해도 되나요 ?
　　　可以打包 / 外帶嗎？

(5) 계산 좀 해 주세요 .
　　　請幫我結帳。

(6) 영수증 주세요 .
　　　請給我收據。

2. 在商店購買東西時 [MP3 154]

(1) 큰 / 작은 사이즈 있어요 ?
有大 / 小的尺寸嗎？

(2) 다른 색깔 / 디자인 있어요 ?
有其他的顏色 / 款式嗎？

(3) 이걸로 / 다 주세요 .
請給我這個 / 全部。

(4) 혹시 교환 / 환불 가능한가요 ?
請問可以換貨 / 退貨嗎？

(5) 좀 싸게 해 주세요 . = 좀 깎아 주세요 .
請算我便宜一點。

(6) 택스리펀하고 싶어요 .
我想要辦理退稅。

附錄

3. 在利用大眾交通工具時 MP3 155

(1) 여기로 가 주세요.
請載我到這裡。

(2) 해외 카드로 결제 가능해요?
可以用海外信用卡付款嗎?

(3) 몇 번 출구로 나가야 돼요?
要從幾號出口出去呢?

(4) 여기서 내려 주시겠어요?
可以在這裡讓我下車嗎?

(5) 이거 이대역 / 이대 가요?
這個有到梨大站 / 梨大嗎?

(6) 죄송한데 제가 반대로 / 잘못 탔어요.
抱歉,我搭到反方向的車了 / 我搭錯車了。

4. 在想和路人交流時 MP3 156

(1) 사진 좀 찍어 주실래요 ?
可以幫我拍照嗎？

(2) 잠시만요 . = 잠깐만요 .
等一下 / 借過一下。

(3) 조금만 기다려 주세요 .
請稍等我一下。

(4) 죄송한데 길 좀 물어 봐도 돼요 ? ?
不好意思，可以向您問路嗎？

(5) 수고하셨습니다 .
辛苦了。

(6) 좋은 아침입니다 .
早安。

語意修飾詞彙

1. 和程度有關的詞彙

아주	너무	되게	많이	정말	진짜
非常	太	挺	很	真的很	真的很

讓我們一起看看上面 6 個詞彙，究竟是怎麼使用在句子中的吧！

(1) 한국어 공부는 **아주** 재미있어요．
讀韓語非常有趣。

(2) 이 마라훠궈는 **너무** 매워요．
這個麻辣火鍋太辣了。

(3) 그 남자는 **되게** 잘생겼어요．
那個男生挺帥的。

(4) 내가 당신을 **많이** 좋아해요．
我很喜歡你。

(5) 이것은 **정말** 이상해요．
這個真的很奇怪。

(6) **진짜** 어이가 없네요．
真的很無言呢。

2. 和時間有關的詞彙

이미	벌써	빨리	일찍	천천히	늦게
已經	早就已經	快	早	慢慢	遲

讓我們一起看看上面 6 個詞彙，究竟是怎麼使用在句子中的吧！

(1) 그 일은 이미 다 끝났어요.
那件事情已經全都結束了。

(2) 11시예요. 벌써 밥을 먹었어요?
才 11 點而已，就已經吃了飯？

(3) 시간이 없어요. 빨리 가요!
沒有時間了，快走吧！

(4) 오늘 아침에 일찍 일어났어요.
今天早上很早起床。

(5) 말을 천천히 하세요.
請把話慢慢說。

(6) 어제 너무 늦게 잤어요.
昨天太晚睡了。

附錄

3. 和頻率有關的詞彙

항상	보통	자주	가끔	거의 안	전혀 안
總是	通常	常常	偶爾	幾乎不	完全不

讓我們一起看看上面 6 個詞彙，究竟是怎麼使用在句子中的吧！

(1) 우리 사장님은 항상 바빠요.
我們老闆總是很忙。

(2) 저는 점심에 보통 김밥만 먹어요.
我中午通常只吃海苔飯卷。

(3) 해외 여행을 자주 가요?
常常去國外旅行嗎？

(4) 가끔 친구에게 엽서를 보내요.
偶爾寄明信片給朋友。

(5) 저는 요즘 술을 거의 안 마셔요.
我最近幾乎不喝酒。

(6) 그는 소고기를 전혀 안 먹어요.
他完全不吃牛肉。

4. 其他常用詞彙

꼭	혼자	사실	안	못	우연히
一定	獨自	事實上	不	無法	偶然地

讓我們一起看看上面 6 個詞彙，究竟是怎麼使用在句子中的吧！

(1) 비밀을 꼭 지켜요 !
請一定要保守祕密！

(2) 혼자 한국에 왔어요 .
獨自來到了韓國。

(3) 사실 저도 불만이 좀 있어요 .
事實上我也有一點不滿（意見）。

(4) 몸이 아파요 . 학교에 안 가요 .
身體不舒服，不去學校。

(5) 머리가 아팠어요 . 회사에 못 갔어요 .
頭很痛，無法去公司。

(6) 버스에서 우연히 친구를 만났어요 .
在公車上偶然遇見了朋友

國家圖書館出版品預行編目資料

邊聽邊寫！簡單快速韓語入門 / 羅際任著；
-- 初版 -- 臺北市：瑞蘭國際, 2025.08
136 面；19 × 26 公分 --（外語學習系列；153）
ISBN：978-626-7629-80-2（平裝）
1. CST：韓語 2. CST：讀本

803.28   114009785

外語學習系列 153

邊聽邊寫！簡單快速韓語入門

作者｜羅際任
責任編輯｜潘治婷、王愿琦
校對｜羅際任、潘治婷、王愿琦

韓語錄音｜崔至延（최지연）
錄音室｜采漾錄音製作有限公司
書封設計｜劉麗雪、陳如琪
版型設計｜劉麗雪、邱亭瑜
內文排版｜邱亭瑜、陳如琪
美術插畫｜Syuan Ho

瑞蘭國際出版
董事長｜張暖彗 · 社長兼總編輯｜王愿琦
編輯部
副總編輯｜葉仲芸 · 主編｜潘治婷 · 文字編輯｜劉欣平
設計部主任｜陳如琪
業務部
經理｜楊米琪 · 主任｜林湲洵 · 組長｜張毓庭

出版社｜瑞蘭國際有限公司 · 地址｜台北市大安區安和路一段 104 號 7 樓之一
電話｜(02)2700-4625 · 傳真｜(02)2700-4622 · 訂購專線｜(02)2700-4625
劃撥帳號｜19914152 瑞蘭國際有限公司
瑞蘭國際網路書城｜www.genki-japan.com.tw

法律顧問｜海灣國際法律事務所　呂錦峯律師

總經銷｜聯合發行股份有限公司 · 電話｜(02)2917-8022、2917-8042
傳真｜(02)2915-6275、2915-7212 · 印刷｜科億印刷股份有限公司
出版日期｜2025 年 08 月初版 1 刷 · 定價｜420 元 · ISBN｜978-626-7629-80-2

◎版權所有 · 翻印必究
◎本書如有缺頁、破損、裝訂錯誤，請寄回本公司更換
本書採用環保大豆油墨印製